AF204427

# Martin Beisert

# Die Marionetten

## Roman

Verlag & Druck:
tredition GmbH, Halenreie 40-44, 22359 Hamburg

# Inhalt

# Sophie und Lilli

„Mama was ist eigentlich Zeit?", wollte die kleine Sophie von ihrer Mutter wissen.

„Mein Schatz, Zeit ist etwas ganz Wertvolles. Zeit ist…..", Ursula stockte mit ihrer Antwort. Sie hatte keine Antwort.

„Was ist eigentlich Zeit? Gute Frage!", dachte sich Ursula, die Ehefrau des aufstrebenden Karrieretyp Herbert Kortes.

Sie war Mitte vierzig, groß, hatte blonde lange Haare, war trainiert und immer top gestylt. Ihr tägliches Fitnessprogramm mit Privattrainer oder besser gesagt mit Personal-Trainer und anschließender Beauty-Behandlung im besten Wellness-Salon der Stadt Friedrichshafen am Bodensee sah man ihr an. Sie war gepflegt, noch sehr gut aussehend, sie wirkte wie Anfang/Mitte Dreißig.

Um ihr Äußeres wurde sie von ihrem riesigen Bekanntenkreis beneidet. Vor allem die weiblichen Mitmenschen beneideten sie darum. Eine Klinik für plastische Chirurgie am Bodensee kam ihr natürlich hilfreich entgegen, sie war stolz auf ihre aufgespritzten Lippen und ihre volle Brust.

Sie konnte sich diese Beauty Behandlungen finanziell leisten, da Herbert in der international agierenden Firma UTK am Bodensee im oberen Führungskreis seinen Platz gefunden hatte und auf dem Weg zum Vorstand war.

„Zeit ist das, was Papa nicht hat.", antwortete Ursula mit einem Lächeln im Gesicht.

Sophie gefiel diese Antwort nicht, sie runzelte ihre Stirn.

„Mama, Zeit hat doch jeder. Ich zum Beispiel habe Zeit heute Mittag mit meiner Freundin zu spielen?", hakte das schlaue neunjährige Mädchen nach.

„Ach frag mich doch nicht so viele Sachen. Räum lieber deine Spielsachen auf. Lilli kommt gleich, sie soll doch die Unordnung nicht sehen. Was denkt sie sonst von uns?", antwortete Ursula etwas ungeduldig.

Lilli war das bulgarische Kindermädchen, welches immer dann für Sophie da war, wenn ihre Eltern keine Zeit für sie hatten. Leider kam dies öfters vor, als Sophie es sich gewünscht hatte.

„Aber Mama ich dachte du wolltest heute mit mir in die Stadt gehen?", fragte Sophie traurig nach.

„Ich habe dir gesagt, wenn ich Zeit habe gehe ich mit dir einmal in die Stadt. Aber von heute haben wir doch nicht gesprochen, mein

Schatz", gab Ursula zur Antwort. Sophie war traurig.

Da stand sie nun völlig enttäuscht in ihrer weißen, eng anliegenden Kelvin Klein Jeans, den roten flachen Esprit Sandalen und ihrer süßen Dior Bluse, die farblich passend zu ihren Sandalen waren. Ihre kleinen Perlenohrringe, die ihr Vater als Geschenk von einen seiner vielen Geschäftsreisen mitgebracht hatte, blitzen bei eintreffendem Sonnenlicht etwas auf. Sie ließen die kleine Sophie mit ihrer langen blonden Lockenpracht elegant und wohlhabend aussehen.

Abermals fragte sie nach:

„Aber Mama, du hast doch Zeit?" Sophie schaute mit Tränen in den Augen ihre Mama an, die durch die anhaltende Fragestunde sichtlich genervt war.

„Lilli ist doch da! Sie hat Zeit für dich. Ich muss mich jetzt fertig machen. Ich bin zum Golfen mit Gudrun und Karin verabredet".

Ursula drückte der kleinen Sophie einen Kuss auf die Stirn, strahlte ihre Tochter mit aufgesetztem, freundlichem Gesicht an und verschwand im Obergeschoß der protzigen Villa.

An der Haustüre klingelte es.

Sophie ging zur Haussprechanlage. Auf dem kleinen farbigen Monitor sah sie Lilli mit ihrem Fahrrad vor der Einfahrt stehen. Sophie drückte eine Taste und das massive gusseiserne zweiflüglige Tor zur Auffahrt öffnete sich.

Die Villa lag auf einem kleinen Hügel in Fischbach, eines Vorortes im Westen von Friedrichshafen am wunderschönen Bodensee. Sie bot einen herrlichen Blick über den See und die Schweizer Alpenkette. Ein breiter Weg führte durch einen kleinen privaten Park hinauf zur Villa. Sophie ging zur Haustüre, öffnete diese und wartete auf ihre Lilli.

„Hi Sophie!", rief die auf ihrem Rad bergauf strampelnde Lilli schon aus der Ferne. Sie stellte ihr Rad in den überdachten Fahrradständer neben dem mächtigen Garagentor.

In der Garage standen neben zwei typisch roten Ferraris, den Lieblingen von Herbert, ein Porsche Cabrio daneben ein nagelneuer BMW X7.

Lilli war achtzehn Jahre alt, schlank, unauffällig, trug kurzes braunes Haar, hatte auffällig blaue Augen mit einem dezenten grünen Schimmer und sprach gepflegtes Deutsch.

Sie bot sich in der Stadt immer wieder als Babysitter und Kindermädchen an. Durch ihr freundliches Auftreten wurde sie bereits nach dem zweiten Termin bei den Kortes in der Villa dauerhaft gebucht.

Ursula Kortes gefiel das Mädchen. Sie beschäftigte Lilli ohne ihre Arbeit offiziell anzumelden. Man wollte ja etwas Geld sparen. Schließlich sei es nicht schlimm jemanden unangemeldet zu beschäftigen, das machten alle so, war die Meinung von Ursula.

„Mama wollte mit mir in die Stadt gehen, aber jetzt hat sie keine Zeit mehr.", empfing die kleine Sophie ihr Kindermädchen enttäuscht.

„Macht doch nichts, ich habe Zeit für dich!", antwortete Lilli freudig und begrüßte Sophie mit einem kleinen, freundschaftlichen Kuss auf die Wange.

„Ja, du bekommst dafür auch Geld von Mama und Papa.", antwortete Sophie besserwisserisch.

Lilli reagierte nicht auf diese Anspielung und lenkte die kleine Sophie ab.

„Komm, los, zeig mir dein neues Fahrrad. Deine Mama hat mir letztes Mal davon erzählt".

Lilli war seit zehn Jahren in Deutschland; sie wohnte bei ihrer Mutter, die vor gewisser Zeit einen Deutschen heiratete, um einen deutschen Pass zu bekommen. Liebe war nicht im Spiel, es war lediglich der raffgierige Wunsch aus Bulgarien herauszukommen, um in ein Land zu kommen, in dem es beste soziale Leistungen gab, also Deutschland.

Lillis Stiefvater war vor ein paar Jahren mit einer Jüngeren durchgebrannt. Er ließ seine Frau und Tochter in seiner Drei-Zimmer Eigentumswohnung zurück. Immerhin hatte er ihnen seine Wohnung mietfrei zu Verfügung gestellt.

Weitere Kosten wie Alimente weigerte er sich zu bezahlen. Er war inzwischen außerhalb Europas - in Phuket - und verbrachte sein Leben mit einer hübschen, blutjungen Asiatin.

Ihren leiblichen Vater kannte Lilli eigentlich nicht. Hin und wieder ließ er sich zwar bei ihrer Mutter sehen, aber seitdem sie in Deutschland waren, hatte sie keinen Kontakt mehr mit ihm. Er war irgendwo in Bulgarien auf die schiefe Bahn geraten.

Lilli war ein artiges, schlaues Mädchen. Sie besuchte das städtische Graf-Zeppelin-Gymnasium in Friedrichshafen und war stets Preisträgerin bei der Zeugnisvergabe. Finanziell hatte sie keine großen Möglichkeiten, da ihre Mutter Gelegenheitsarbeiten ausführte und nicht gerade als fleißig zu bezeichnen war.

Lilli ging gerne zu den Kortes. Sie waren freundlich und bezahlten sie stets bar auf die Hand. Somit war es ihr möglich, sich ein paar kleine Wünsche zu erfüllen.

Sophie holte ihr Fahrrad aus der Garage und präsentierte es stolz ihrer bezahlten Freundin Lilli.

„Schau Lilli, mein Fahrrad hat sogar 28 Gänge und einen silberfarbenen Fahrradkorb. Das hat dein Fahrrad nicht."

Sophie sah zu Lillis Fahrrad hinüber, ein älteres drei-Gang Fahrrad aus den Achtzigern in verblasstem blau.

Lilli war es gewohnt, dass Sophie mit ihren Dingen protzte. Sophie war ein typisches Einzelkind wohlhabender Eltern. Für sie war es selbstverständlich alles Materielle zu bekommen und damit zu protzen. Geld spielte bei den Kortes keine Rolle, es war genügend vorhanden.

Liebe, Zuneigung und vor allem Zeit waren allerdings etwas rar in deren exklusiven Leben.

„Du hast wirklich ein tolles Rad!", bewunderte Lilli „so eines hätte ich auch gerne".

Stolz, bewundert zu werden fuhr Sophie mehrere Runden über den mit hochwertigen, erdfarben Eternit Bruchplatten gepflasterten Hof und schaute arrogant mit leicht erhobenem Kopf umher.

Sie genoss die Situation.

„Sophie", rief Ursula, die gerade top gestylt, in modernster Golf Mode von Ralph Lauren und Galvin Green gekleidet, die große weiße Marmortreppe vom Obergeschoss herunter stolzierte und in ihre Duca del Cosma Airplay II Schuhe schlüpfte.

Sie eilte zur Garage, warf ihr Golf Bag auf den kleinen Rücksitz und startete den mächtigen Motor des Porsche Cabrios.

„Ach Lilli, du bist schon da. Ich hab dich gar nicht gehört. Ich wünsch euch viel Spaß! Bis später", rief Ursula unter Zeitdruck, zog ihre Gucci Sonnenbrille ins Gesicht und brauste davon.

Wie schon erwähnt, hatte Lilli sich als Babysitter Vertrauen bei den Kortes erarbeitet. Sie überließen ihr das Kind und die Villa. Es war nichts abgeschlossen.

Wertgegenstände wie Schmuck, teure Uhren und auch diverse Geldbörsen lagen offen herum. Nie war etwas abhandengekommen, das wussten die Kortes an Lilli zu schätzen.

# Der Golfplatz

Ursula steuerte ihr nagelneues Cabrio rasant nach Überlingen auf den Golfplatz und parkte es bei den bereits parkierenden Oberklassefahrzeugen.

Golfen in Überlingen ist ein Sport, welcher der finanziell besser gestellten Gesellschaft vorbehalten war. Eine Mitgliedschaft konnte man hier nur über eine Bausteinregulierung erhalten, die ungefähr einem Jahresgehalt eines Facharbeiters entsprach, und die man nur auf Empfehlung eines aktiven Mitgliedes des Clubs erwerben konnte. Ansprüche durch diese Zahlung hatte man nicht, es war lediglich der einmal zu entrichtende Obolus als Eintrittskarte zur Upperclass.

Diejenigen, die sich dies leisten konnten waren somit unter sich. Ursula stieg aus ihrem Wagen und ging zum Abschlagsplatz, wo ihre Freundinnen bereits auf sie warteten.

„Hallo Ursula! Lass dich anschauen, du siehst wieder Klasse aus!", bewunderte sie ihre Freundin Gudrun.

Gudrun war die Frau des Bereichsleiters Eberhard Klein der Sparkasse Bodensee. Sie teilte die Hobbies und die Beauty

Behandlungen mit Ursula. Auch ihr war Aussehen und Kleidung sehr wichtig.

Es wurde peinlich genau darauf geachtet, dass man immer die neueste Mode trug. Gudrun war groß, schlank und sah eigentlich aus wie Ursula, allerdings war sie schwarzhaarig.

„Hallo Karin, hast du abgenommen?", begrüßte Ursula lachend ihre andere Freundin.

Karin war die Frau des Oberarztes und Chefarztes in spe, Manfred Schwal, der örtlichen Kurklinik.

„Ja, wirklich. Kann man es denn schon sehen?" bettelte Karin um Bewunderung.

„Ja klar, du siehst spitze aus!", bewunderte Ursula ihre Freundin. „Du musst mir unbedingt sagen wie du das geschafft hast.", ergänzte sie und musterte neidisch ihre Freundin von oben bis unten.

Karin drehte sich um die eigene Achse und genoss die Bewunderung ihrer Freundinnen.

Groß, schlank, super modisch angezogen war auch sie Mitte vierzig, aber braunhaarig. Sie genoss die Freizeit mit ihren gleichgesinnten Freundinnen.

Gudrun und Karin waren kinderlos. Sie wollten nie Kinder haben. Erstens hatten sie keine Zeit für sie und zweitens war es besser für die Figur.

Auch Ursula wollte nie Kinder. Ob Sophie ein Unfall war wusste niemand, es wurde nie darüber gesprochen.

Ob Herbert der leibliche Vater war, blieb ebenfalls ungewiss.

Wahrscheinlich wusste es Ursula selbst nicht.

„Wer ist denn dieses Sahnestückchen?", wollte Ursula wissen und drehte sich nach einem jungen Mann um, der mit entblößtem Oberkörper auf einem Aufsitzrasenmäher um die Ecke des Golfplatzrestaurants bog. Er war Mitte Zwanzig.

Gudrun und Karin schauten in dieselbe Richtung.

„Ach, das ist der neue Hausmeister vom Golfclub. Nicht schlecht oder?", erklärte Karin allwissend ihren beiden Freundinnen.

Das eindeutige Grinsen der Frauen ließ Rückschlüsse auf ihre frivolen Gedanken zu.

„Und woher kennst du ihn?", wollten sie wissen.

„Lasst uns beginnen, wir haben 18 Loch vor uns.", lenkte Ursula zweideutig grinsend ab und forderte ihre Freundinnen auf, zum Abschlagplatz zu gehen.

Die drei verstanden sich.

Sie lebten dasselbe Leben, sie hatten denselben Status und ihre Männer hatten dasselbe Ziel: Karriere.

Nach dreistündiger Golfrunde, ausgiebigem Getratsche über Neuigkeiten in der Stadt und Umgebung, wer mit wem eine Beziehung hatte, oder auch nur gerne eine hätte, ließen die drei Grazien sich im angrenzenden Club-Restaurant des Golfplatzes auf der Terrasse nieder.

Die Herbstsonne wärmte ihre Haut und der aufziehende Nebel vom Bodensee ließ den baldigen Wintereinbruch erahnen. Es war ein Tag, den es zu genießen galt, da der Nebel am Bodensee vor allem im Winter zu Depressionen führen konnte.

„Was darf ich ihnen bringen?", empfing der junge, neue Kellner die attraktiven Damen auf der Terrasse freundlich.

Karin schaute zu Ursula, öffnete grinsend mit aufreizendem Blick etwas ihre Softshell-Jacke und legte ihren Kopf neckisch zur Seite.

„Eine Abkühlung wäre gut, haben Sie so etwas?", lachte sie provozierend dem durch ihr Verhalten unsicheren, eingeschüchterten Kellner zu.

Er war Mitte zwanzig, schlank, braungebrannt, trug sein volles Haar nach hinten gekämmt. Sein weißes Hemd war eng geschnitten und er trug eine typische schwarze Kellnerhose, dazu passend dunkle Schuhe.

Die regelmäßigen Trainingseinheiten im Bodystudio waren ihm anzusehen.

Ursula und Karin grinsten ebenfalls und genossen die Verlegenheit des jungen Mannes.

„Oder hätten sie für mich etwas ganz Heißes...? Mir ist plötzlich kalt", provozierte Ursula und drückte ihre üppige Oberweite so weit nach vorn, wie sie nur konnte.

Die drei durchtriebenen Frauen wussten, wie man mit Männern umging, sie umgarnte und einfach um den Finger wickelte. In ihren Händen schmolz jeder Mann, wie Eis in der Sonne. Sie hatten größte Freude vor allem schüchterne, unerfahrene Männer aus der Reserve zu locken. Es war ihr Jagdinstinkt, den sie gemeinsam seit Jahren gierig auslebten.

Speziell die jungen Männer hatten es ihnen angetan. Machotypen oder ältere erfahrene Männer passten nicht in ihr Beuteschema.

„Äh, äh... Ich hätte da...", stammelte der sichtlich verwirrte Kellner.

„Was hätten sie denn da?", unterbrach Karin ihr Opfer und strich vorsichtig mit ihrem rot lackierten Zeigefinger in langsamen auf und ab Bewegungen über den Innenschenkel des Kellners.

Plong.

Das metallene Tablett des Kellners fiel mit lautem Schmettern zu Boden. Das erschreckte die anderen Gäste und lenkte die allgemeine Aufmerksamkeit auf die drei Grazien und den Kellner.

Karin zog mit einer unauffälligen Bewegung ihren Arm zurück und der Kellner ging in die Hocke, um sein Tablett wieder aufzuheben.

„Bring uns drei Aperol Spritz, mein Süßer.", forderte sie den völlig aus der Fassung gebrachten Kellner auf und schaute ihm tief in die Augen während sie sich über ihre Lippen leckte.

Verwirrt und mit weichen Knien befolgte er artig den Befehl, indem er zur Küche eilte.

Die Frauen lachten los.

„Ist der süß!", sagte Gudrun.

„Lass die Finger von dem, das ist meiner.", ergänzte Karin. „Macht, was ihr wollt. Der gehört mir!", zischte Ursula dazwischen. Die drei Grazien genossen die Situation, die Terrasse, die wundervolle Herbstsonne und ihr exklusives Leben.

Nach einem ausgelassenen Nachmittag kam Ursula am frühen Abend erholt und froh gelaunt nach Hause.

Lilli und Sophie hatten sich bereits alleine das Abendessen zubereitet und genossen den Vorabend vor dem Fernseher.

„Hallo, ich bin wieder da", rief Ursula, als sie durch die weiße, massive, marmorbesetzte Tür ihrer Villa in den riesigen Hausflur eintrat.

Sie warf ihre Jacke auf den Boden und schleuderte ihre kleine, lederne Armani Handtasche auf die antike Kommode, die aus dem achtzehnten Jahrhundert stammte. Sie zog ihre Golfschuhe aus und kickte sie achtlos in eine Ecke.

„Na ihr zwei, was kommt denn Schönes?", begrüßte sie die Mädchen vor dem Fernseher.

„Wir schauen uns Werbung an, Mama. Da bekommt man gute Ideen, was man sich kaufen kann.", erwiderte Sophie. Ursula strich den Mädchen zur Begrüßung lässig über die Haare, schaute auf die Uhr, rechnete kurz nach und drückte Lilli fünfzig Euro in die Hand.

„Ich brauch jetzt erst mal eine Dusche", sagte Ursula und verschwand im Obergeschoss.

Lilli steckte ihren Lohn in die Tasche.

„Ich gehe jetzt wieder, Sophie.", sagte Lilli.

„Deine Mama ist ja wieder da."

„Mach´s gut. Bis demnächst."

„Tschüss, Lilli."

Lilli hatte Schwierigkeiten, dieses gefühlskalte Verhalten von Frau Kortes zu akzeptieren.

Sie kannte es anders aus ihrer eigenen Jugend. Ihre Mutter war zwar nicht wohlhabend, aber sie war ihre Freundin und hatte immer Zeit für sie.

Ursula behandelte ihr Kind wie ein kleines Haustier. Sie streichelte es ab und zu und gab ihm zu essen. Eine liebevolle Erziehung mit netter Zuwendung kannte Sophie nicht.

Lilli war froh, auf einfache Art und Weise Geld zu verdienen. Sie ließ sich nichts über ihren Gedankengang anmerken und behielt ihre Meinung für sich.


Spät abends kam Herbert Kortes mit seinem schwarzen Bugatti angefahren, stellte diesen auf den letzten freien Platz in der Garage und schloss die Tür zur Villa auf.

Er war Anfang fünfzig, groß, schlank, sportlich, hatte sehr kurz geschnittenes, grau meliertes Haar und wirkte mit seinem dunkelbraunen Solarium Teint wie ein Dressman aus dem Modekatalog. Sein dunkler Aigner Anzug war von den langen Besprechungen am Gesäß etwas verknittert. Seinen Krawattenknoten hatte er bereits gelockert und die dunklen Augenränder bezeugten die Anstrengungen des Tages.

Es war bereits halb zehn.

Sophie lag tief in ihren Träumen versunken in ihrem Bett und Ursula döste vor dem Fernseher. Er streifte sich die Schuhe ab und ging ins Wohnzimmer.

Die weiße Alcantara Eckcouch von Bogner teilte den Wohnbereich in zwei Teile. Der Fernsehbereich bestand aus der Couch und einem Flat Screen Fernseher mit drei Metern Diagonale und einem gläsernen Joop

Tischchen als Ablage für die Getränke sowie diversen Fernbedienungen.

Die andere Seite des Zimmers war zum Essplatz eingerichtet. In dessen Mitte standen ein schwerer Tropenholz Tisch aus dunklem Mahagoni, dazu zwölf braune, lederbezogene Stühle mit schlanker, hoher Rückenlehne.

Unter dem Tisch lag ein dicker, weißer, handgeknüpfter Perserteppich. Über dem Tisch schwebte ein originaler Kronleuchter aus dem Mittelalter mit unzähligen weiß glänzenden, herunterhängenden Kristallen.

Der Blick vom Essplatz aus, führte durch die Fensterfront über die riesige Terrasse auf den Bodensee. Das Funkeln der Lichter des Schweizer Bodenseeufers war gut zu erkennen.

Herbert setzte sich zu Ursula auf die Couch.

„Na Schatz, alles klar?", war seine Begrüßung. Er drückte ihr formell einen Kuss auf die Stirn.

Ursula war beinahe schon eingeschlafen und war dementsprechend auch etwas wortkarg.

„Wie war dein Tag?", wollte sie von ihrem Herbert wissen.

Herbert stand auf, ging zur integrierten Minibar der Wohnwand, nahm ein großes Cognac Glas und schenkte sich einen Rémy Martin ein.

„Willst du auch?", fragte er, ohne sich umzudrehen.

Ursula reagierte nicht.

Herbert nahm das Glas und ging gelangweilt zurück zum Sofa.

„Schläft Sophie schon?", wollte er wissen und bemerkte, dass auch Ursula nun endgültig auf dem Sofa eingeschlafen war.

Sein Abend verlief eigentlich immer gleich. Nach abendfüllenden Sitzungen kam Herbert meist nicht vor neun Uhr abends nach Hause und traf seine Familie stets müde und wortkarg oder schlafend an. Seine Tochter sah er lediglich am Morgen zum Frühstück. Meist war er aber dann sehr beschäftigt, die Tageszeitung genauestens zu studieren und hatte wenig Interesse an einer Unterhaltung mit Sophie.

Zu Beginn der Ehe war Herbert anders.

Er war liebevoll, geduldig, er war interessiert an Ursula und seiner Tochter. Vor allem nahm er sich Zeit, um mit ihnen wenigstens den Morgen und die Wochenenden zu genießen. Sie machten gemeinsam Pläne für Fahrradtouren, Ausflüge und Urlaube.

In den letzten Jahren hatte sich Herbert ins Karriererennen gestürzt und menschlich verändert.

Er war vom Einkaufssachbearbeiter plötzlich mit der Leitung der Abteilung beauftrag worden und hatte kurze Zeit später den Platz als Bereichsleiter Global Purchasing ergattert und gehörte als Senior Vice President nun dem oberen Führungskreis seiner Firma an. Er war Herr über siebenhundertfünfzig Mitarbeiter.

# Die Abteilungsinfo

„Herr Kortes, der Chef möchte sie sprechen. Jetzt gleich!", rief die Sekretärin Herbert entgegen, als er gerade ins Büro kam.

„Ach, ist Dr. Schön schon da? Es ist doch erst 8:30 Uhr. So früh kommt er doch normalerweise nicht.", war Herberts Antwort und seine indirekte Entschuldigung, dass er so spät ins Geschäft kam.

Nach dem Chef ins Büro zu kommen, war natürlich nicht das Verhalten, welches sich eine aufstrebende Führungskraft leisten sollte. Vor dem Chef da sein und nach dem Chef nach Hause gehen war Usus. Derjenige, der gegen dieses ungeschriebene Gesetz verstieß, katapultierte sich selbst ins Abseits und wurde niemals vom oberen Führungsgremium anerkannt.

Ausnahme dieser Regel war natürlich die Urlaubszeit.

Herbert ging aus diesem Grund stets nach seinem Chef in den Urlaub und war vor ihm wieder im Büro. In der Abwesenheit des Chefs konnte man natürlich früher gehen. Das Telefon wurde vorsichtshalber aufs Handy umgeleitet falls doch noch ein unerwarteter Anruf eintraf.

„Guten Morgen, Herr Dr. Schön", begrüßte Herbert seinen Chef mit aufgesetzt übertriebener Freundlichkeit und strahlendem Gesicht, als er von der Vorstandssekretärin ins Büro von Dr. Schön eingelassen wurde.

„Ich bin spät. Ich bitte um Entschuldigung, Herr Dr. Schön.", fügte Herbert hinzu.

Dr. Schön saß bereits an seinem dunkelbraunen Designerschreibtisch. Die massive dunkle Schreibtischholzplatte war übersät von Dokumenten und das Notebook zeigte eine Power Point Seite mit einer graphischen Darstellung, deren Verlauf deutlich ins Negative abfiel.

„Guten Morgen, Herr Kortes. Setzen sie sich.", forderte Dr. Schön Herbert auf.

Dr. Schön, Anfang sechzig, war klein und schmächtig. Hatte schütteres braunes Haar, welches er bemüht war mit Seitenscheitel zu tragen. Seine Haut war blass rötlich und die kleinen vergilbten Zähne zeugten von unzureichender Zahnpflege.

Sein schwarzer Boss Anzug wirkte etwas altmodisch. Mit den kleinen hellen Streifen und dem hellblauen Hemd passte er aber irgendwie zu ihm.

Dr. Schön sprach sieben Sprachen fließend und war ein hochintelligenter, durchtriebener Analytiker. Er war promovierter Mathematiker und hatte ein äußerst sensibles

Fingerspitzengefühl für Märkte und Investitionen.
Er war zu Recht seit Jahren Einkaufsvorstand, er war Pfennigfuchser und er hatte Geschäftsfreunde in aller Welt. Verheiratet war er nie. Er war nicht der Mann, den eine Frau, trotz seines materiellen Wohlstandes, heiraten wollte.

„Herr Kortes, schauen sie mal hier. Das sind die neuesten Prognosen für die Preisentwicklung der kommenden Monate bezüglich Stahl und Aluminium."
Eine mathematische Darstellung eines Graphen zeigte eine dramatische Erhöhung von Einkaufspreisen.
„Ich habe hier eine detaillierte Zusammenstellung aus Nord- und Südamerika, Europa, Afrika, Asien und Australien. Kurz gesagt: Wir haben zu viele Mitarbeiter an Board und bezahlen zu hohe Gehälter.", erklärte Dr. Schön.

Herbert hörte aufmerksam zu und fragte:
„Was kann ich für sie tun, Herr Dr. Schön?"
Dr. Schön schaute Herbert musternd an, zog seine kleine Lesebrille etwas nach unten, blinzelte darüber und fuhr fort: „Sie bauen bis Mitte nächsten Jahres einhundertzwanzig Stellen in ihrem Bereich ab und kürzen den

verbleibenden Mitarbeitern die Gehälter um fünfundzwanzig Prozent."

„Werde ich machen, Herr Dr. Schön. Auf mich können sie sich verlassen." ,war die spontane Antwort von Herbert.

Dr. Schön fixierte Herberts Blick und wartete auf eine Reaktion Herberts. Vielleicht kam noch eine Verständnisfrage oder eine Frage zum Abbau der Mitarbeiter.
Eine Reaktion blieb aus.
Herbert bekam eine Anweisung seines Chefs und nahm diese als Befehl gehorsam an. Um die aus seiner Arbeit  resultierenden Folgen kümmerte Herbert sich nicht.
Arbeitslosigkeit für Mitarbeiter mit und ohne Familie konnte zur Existenzbedrohung werden.
Herbert war das egal.
Er hatte sich schließlich in seinem Job engagiert, hochgekämpft und hatte auch Opfer bringen müssen. Nicht jeder kann Arbeit haben,  das musste doch auch dem Dümmsten klar sein.
Als Senior Vice President hatte Herbert Aufgaben zu lösen, die auch unangenehme Folgen für Mitarbeiter haben konnten.
Es war sein Job diese Aufgaben auszuführen.

„Herr Kortes, sollten sie die Vorgaben wie vereinbart erfüllen, werden wir Ihnen als

Anerkennung drei Prozent unserer Ersparnisse als Inzentiv zahlen." ergänzte Dr. Schön.

„Danke, Herr Dr. Schön. Sehr großzügig. Ich werde gleich mit den Abbaumaßnahmen beginnen.", antwortete Herbert artig.

„Herr Kortes, sie können gehen.", forderte Dr. Schön ihn auf, sein Büro zu verlassen.

Bevor Herbert die schwere Holztür des Vorstandsbüros hinter sich zu ziehen konnte, rief Dr. Schön noch: „Drei Prozent sind ungefähr zweihunderttausend Euro. Da lohnt sich die Arbeit doch, Kortes!".

Herbert sah in das grinsende Gesicht von Dr. Schön, nickte ihm zustimmend zu und schloss vorsichtig die Tür.

Herbert atmete tief durch.

„Zum Glück hatte Dr. Spät keine Bemerkung darüber gemacht, dass ich heute so spät in die Firma gekommen bin", dachte sich Herbert und ging erleichtert zurück in sein Büro. Immerhin hatte Herbert die Absicht Dr. Schöns Nachfolger zu werden und wollte sich durch einen dummen Fehler seine Chance nicht verbauen.

Am selben Nachmittag ließ Herbert seine Abteilungsleiter zu einem Management-Meeting antreten. Zwölf karrierewillige Jungmanager, Ende Dreißig, gekleidet in eleganten, dunklen Anzügen, weißen Hemden und passender Krawatte versammelten sich im Konferenzraum des Einkaufsbereiches und bereiteten sich mit Hilfe ihrer IPads auf die kurzfristig einberufene Versammlung vor während sie sich unterhielten:

„Ja, ich würde Sie gerne adäquat supporten. Bräuchte aber im ambivalenten Verhältnis weitere Response von Ihnen". „Nachhaltig betrachtet wäre ein Expert Brainstorming das richtige Target. Vielleicht sollten wir einen Workshop fixen. Weitere Details können sie bei meinem Personal Assistant übers Cellphone eruieren."

Die Türe des Besprechungszimmers öffnete sich und Herr Kortes kam herein. Die Gespräche verstummten sofort und alle Anwesenden standen artig auf.

„Guten Tag, meine Herren.", begrüßte Herbert seine Abteilungsleiter und ging zielstrebig auf seinen, an der Stirnseite des langen Besprechungstisches freigelassenen Chefsessel, der sich durch den dicken Lederbezug von den anderen Stühlen des Konferenzraumes unterschied, zu. „Guten Morgen, Herr Kortes.", antworteten sie wie artige Grundschüler aus einem Munde und strahlten gut gelaunt ihren Chef an.

Die Jungmanager waren bereit, alles für die eigene Karriere zu tun.

In den vergangen Jahren durchlief jeder Einzelne eine harte Schule des internen Fortbildungsprogramms FFF, Fit For Futur. Dieses Programm war nur für ausgewählte, von den Vorgesetzen vorgeschlagene und geeignete Führungskräfte bestimmt.

Die Eignung wurde nicht nur nach schulischen Leistungen oder erbrachten Nachweisen bewertet, sondern man hatte hin und wieder natürlich Verpflichtungen gegenüber den Kollegen aus den anderen Bereichen. So kam es, dass auch nicht ganz so intelligente Mitarbeiterkinder plötzlich zum erlauchten Kreis der Jungmanager gehörten.

Im Fortbildungskurs wurde suggeriert, dass derjenige, der zu FFF auserkoren wurde, sich bereits von der Allgemeinheit abgehoben hatte. Klar, denn der Papa hatte schließlich bereits nachgeholfen.

Als erstes war die Anzugsordnung erklärt worden. Wichtig, um sich schon visuell vom Rest der Masse abzuheben. Networking war der zweite Bestandteil des Steins der Weisen. Ohne Netzwerk konnte es mit der Karriere nichts werden.

Drittens wurde über eine Filmhochschule ein Regisseur und Psychologe engagiert, der mit der Schulung der gewünschten Verhaltensregeln, vor allem dem Auftreten in der Öffentlichkeit, beauftrag wurde. Auch die Gestik und die Wortwahl waren hier von höchster Bedeutung und wurden intensiv geschult.

Hier standen sie nun, die Crème de la Crème der Einkaufswelt. Sie waren wie Marionetten, die blind Befehle ausführten.
Diese angehenden TOP Manager wurden von denen, die sich nicht für das Fortbildungsprogramm qualifiziert hatten, als TOP „Trottel Ohne Profil" bezeichnet. Der Neid ließ dem einfachen Arbeitervolk Raum, in dem kreative Einfälle reifen konnten.

„Meine Herren, ich hatte heute früh ein unangenehmes Gespräch mit Herrn Dr. Schön.", informierte Herr Kortes seine Elite.
Wie wohlerzogene Hunde, die zum Apportieren des Stöckchens warteten, sahen die Manager zu ihrem Chef auf und warteten auf die kommenden Informationen. Höchste Aufmerksamkeit wurde Herr Kortes zuteil.
„Aufgrund unvorhergesehener, strukturell bedingter Marktschwankungen sehen wir uns vom Markt gezwungen, unsere Einkaufspreise drastisch zu senken."
Ein Raunen ging durch die Runde.
„Wir sind vom Vorstand aufgefordert, bis Mitte nächsten Jahres einhundertzwanzig Mitarbeiter abzubauen und die Gehälter der

verbleibenden Mitarbeiter um fünfundzwanzig Prozent zu kürzen, wobei auch Ihre Gehälter betroffen sein dürften."

Stille kehrte im Konferenzraum ein. Jeder der Manager wusste, dass nur ein Wort gegen diese Entscheidung oder ein konstruktiver Einwand zum Thema jetzt nicht gefragt waren und vor allem nicht geduldet sein würden. Wer jetzt aufmuckte, den traf es als Ersten.

„Herr Kortes, eine Frage", unterbrach der besonders eifrige Thomas Steinfeld, Leiter Einkauf Asien, die Runde.

„Wie sollen wir einhundertzwanzig Mitarbeiter von heute auf morgen ersetzten, die bisher mit ihrer Arbeit voll ausgelastet waren?"

Steinfelds Gesicht zog fragend Falten auf der Stirn und er schaute, um Zustimmung flehend, in die Runde. Seine Kollegen waren erstarrt und reagierten nicht auf seine Aufforderungen. Auch eine Meinung zum Thema wollte kein anderer kundtun, das könnte der Karriere schaden. Steinfeld schaute fragend zu Kortes, der ihn unübersehbar abfällig musterte.

„Steinfeld", begann Kortes seine Rede, „Sie haben sich einen neuen Firmenwagen bestellt, wie ich hörte."

Steinfeld war irritiert durch diese Frage. Das hatte nichts mit dem Thema zu tun, dachte er sich.

„Ja, Herr Kortes. Das habe ich.", erklärte Steinfeld.

„Steinfeld, ist es nicht ein AUDI A6 mit V8 Motor?", wollte Herbert wissen.

„Ja, Herr Kortes. Ein V8, endlich auch mal einen V8.", ergänzte Steinfeld voller Stolz auf sein neues Auto.

„Ein V8 hat schon etwas. Nicht jeder kann sich einen V8 leisten, stimmt's Steinfeld?"

Steinfeld war wieder irritiert.

„Entschuldigung Herr Kortes, ich verstehe ihre Frage nicht. Was hat diese Frage mit dem eben besprochenen Thema zu tun?", wollte Steinfeld wissen.

Herbert stand von seinem Stuhl auf, ging mit langsamen Schritten auf Steinfeld zu und blieb direkt vor seinem Stuhl stehen, senkte seinen Kopf und blickte mit hochgezogenen Augenbrauen über seine Lesebrille hinweg in dessen fragendes Gesicht.

Steinfeld wurde unwohl, er stand vorsichtig auf und zupfte peinlich seinen neuen Anzug und die Krawatte zu Recht.

„Was haben Sie gesagt?", wollte Kortes nochmals wissen.

„Ähh, ich wollte... Nein, ich sagte...", stotterte Steinfeld.

„Wollen Sie unserem Vorstand und mir sagen, was wir zu tun haben?", fragte Herbert. Seine Augen waren dabei weit aufgerissen, was diese bedrohliche Situation damit verstärkte.

Eine eisige Kälte lag im Konferenzraum.

Man konnte eine Stecknadel fallen hören. Es lag Sprengstoff in der Luft, der sich nun bei der nächsten, kleinsten Bewegung zu entzünden drohte.

„Steinfeld, wer es schafft hier am Tisch zu sitzen, der hebt sich vom Fußvolk ab. Jeder von uns hier ist bessergestellt, stimmt's?", fauchte Herbert seinen Jungmanager an, dem inzwischen Schweißperlen vor Aufregung auf der Stirn standen. Er zitterte und war regungslos.

Die anderen Jungmanager waren zu Mumien erstarrt und warteten auf die wahrscheinlich nun folgende öffentliche Exekution ihres Kollegen.


„Ich brauche Lösungen und keine Fragen. Für Lösungen werden Sie bezahlt, Steinfeld.", fuhr Herbert fort.

Steinfeld konnte nicht mehr antworten. Er war starr vor Aufregung und kämpfte mit den Tränen.

„Wer erlaubt Ihnen unsere Arbeit in Frage zu stellen?", provozierte Kortes weiter. „Wer, Steinfeld, wer erlaubt sich das???", setzte Kortes nach.

Stille, absolut eiskalte Stille. Die Zeit schien stillzustehen.

„Steinfeld, was ich nicht brauchen kann sind Klugscheißer.", fuhr Herbert fort. „Und was ich auch nicht brauchen kann ist, dass Sie sich anmaßen einen V8 zu fahren.             Dr. Schön und ich fahren einen V8. Sie fahren höchstens einen V6, verstehen wir uns?"

Kortes bedachte Steinfeld mit einem kalten, arroganten Blick und forderte ihn auf, sich wieder zu setzen. Er ging zurück an seinen Platz, drehte sich zur versammelten Runde um:

„Meine Herren,  Herr Steinfeld wird uns bis morgen früh 10:00 Uhr einen Vorschlag präsentieren, wie wir das angestrebte Ziel mit Leichtigkeit erreichen können. Ich werde dafür Sorge tragen, dass Dr. Schön bei dieser Präsentation anwesend sein wird.", ergänzte Herbert.

Steinfeld saß wie ein kleiner Schuljunge am Tisch,     war     inzwischen     durch     die herunterlaufenden Schweißperlen tropfnass und ihm war klar, dass er selbst sich den Todesstoß seiner Karriere geliefert hatte.

„Danke meine Herren. Sie dürfen gehen."

Die Konferenz war beendet.


Auf dem Weg nach draußen kamen die Kollegen auf Steinfeld zu.

„Machen Sie sich nichts daraus, das wird schon gut gehen. Wir sind jedenfalls gespannt auf Ihre Ausarbeitung."

Das leise schadenfrohe Gelächter seiner Kollegen verfolgte Steinfeld bis in sein Büro.

Jeder dieser ausgehungerten Hunde wollte besser dastehen wie sein Rivale. Diese einmalige Gelegenheit der öffentlichen Denunzierung wurde natürlich von Kollegen direkt ausgenutzt und schnell wie ein Lauffeuer in der Firma verbreitet, um damit die Konkurrenz auszubremsen und um sich selbst ins Rampenlicht zu drängen.

Das waren normale Verhaltensweisen dieser machtgierigen Manager, die ihre beruflichen Interessen vor ihre Privatinteressen stellten. Ohne Kompromisse.

„Haha", lachte der sonst eher zurückhaltende Kollege Beck lauthals und überfröhlich durchs Großraumbüro, als sein Teamleiter Mauz auf ihn zukam und eine Auswertung der Umsatzzahlen der letzten Monate verlangte.

„Hier ist die gewünschte Auswertung, Herr Mauz. Hahaa", verströmte Beck Euphorie und Freude. „Ich habe sie am Wochenende nochmals überarbeitet und in Präsentationsform gebracht.", strahlte Beck über beide Ohren.

Seine Kollegen waren neidisch. Er durfte eine Ausarbeitung machen und sogar seinen Namen unübersehbar unten rechts auf der Präsentation vermerken. Man sollte natürlich sofort erkennen, von wem eine solch brillante Ausarbeitung stammte.

„Danke, Beck. Sehr gut gemacht! Von Ihnen können die Kollegen etwas lernen.", lobte Mauz seinen Mitarbeiter, dessen Brust sichtlich anschwoll.

Der Neid jedes Mitarbeiters war unübersehbar.

Sie schauten zwar eifrig beschäftigt auf den Bildschirm ihres PCs, hackten irgendwelche Daten ein. Ihre Konzentration war aber ganz auf die Konversation gerichtet.

Mauz ging zurück in sein Teamleiterbüro, welches mit einer großen Glaswand zum Großraumbüro hin ausgestattet war, schloss die gläserne Tür und setzte sich an seinen Schreibtisch.

Beck strahlte und freute sich, seinem Teamleiter eine gute Arbeit überreicht zu haben und machte sich wieder an die anstehende Arbeit.

An jenem Tag lag eine gewisse Spannung in der Luft. Man wusste, ein Kollege hatte sich erneut hervorragend gegenüber der Führung verhalten und dafür Lob erhalten.

Man selbst fühlte sich deshalb unter Zugzwang und etwas abgewertet, da das ausgesprochene Lob nur für einen Mitarbeiter galt und nicht für sich selbst.

Üblicherweise verabschiedeten sich gegen 17:00 Uhr die ersten Kollegen und gingen nach Hause. Heute war es wieder einmal anders. Keiner, der nicht Gelobten wollte der Erste sein, der nach Hause ging.

Es würde ansonsten ein gewisser negativer Eindruck entstehen, welcher logischerweise mit der Wichtigkeit seiner Arbeit gleichzusetzten wäre. Deshalb blieb man und beobachtete den scheinbar immer noch langsam laufenden Minutenzeiger der großen Büro Uhr, welche für alle sichtbar im Großraumbüro aufgehängt war.

Früher zu gehen bedeutete, wenig zu tun zu haben und weniger Wertvolles zu tun als andere. Des Weiteren könnte der Vorgesetzte noch etwas wollen und dann wäre der Ansprechpartner nicht mehr da.

Schulz war das egal. Er war seit fünfzehn Jahren Sachbearbeiter in der Einkaufabteilung, war finanziell vom Elternhaus abgesichert und arbeitete lediglich zum Zeitvertreib, ohne Karrieregedanken. Schulz packte wie üblich seine privaten Sachen gegen 17 Uhr zusammen und verabschiedete sich freundlich von seinen Kollegen.

Kaum aus der Tür verschwunden, wurde schon gelästert.

„Ach, der Schulz scheint wenig zu tun zu haben."

„Der nimmt sich was raus, schon so früh zu gehen. Ich bin noch lang nicht fertig mit meiner Arbeit, wahrscheinlich muss ich sogar noch Überstunden machen."

Das waren die unfreundlichen, unfairen Kommentare seiner karrieregeilen Bürogenossen.

Wie es der Zufall wollte, kam Teamleiter Beck kurz nach fünf wieder aus seinem Büro und ging zum Arbeitsplatz von Herrn Schulz.

„Ist der Kollege Schulz schon weg?", wollte Beck von den anderen Kollegen wissen.

„Ja, der ist schon weg. Der geht jeden Tag um fünf, meist sogar schon vorher. Kann ich Ihnen weiterhelfen?", bot sich der Kollege am Nebentisch an.

Beck blickte etwas verwundert über die Aussage und über Schulz Verhalten, sah auf seine Armbanduhr, schüttelte den Kopf und sagte:

„Hier ist die Auswertung von Schulz. Ich sollte die Monate Oktober, November und Dezember auch noch auf der Übersicht haben."

„Ja, gerne, Herr Beck. Mache ich doch gerne für Sie.", schleimte der Kollege und stürzte sich auf die Ausarbeitung.

Die Kollegen im Großraumbüro waren erneut neidisch.

Sie wurden nicht gefragt, etwas für ihren Chef zu tun und ans nach Hause gehen war natürlich jetzt wieder nicht zu denken.

So hielten die Männer wie artige Marionetten still und simulierten dringende Beschäftigung, bis endlich der Kollege die Ausarbeitung von Schulz bearbeitet hatte und stolz ihrem Teamleiter überreichte.

Heimlich wurden SMS und Whatsapps an die Freundin, beziehungsweise an die wartenden Ehefrauen geschickt, dass es heute mal wieder später wurde.

„Herr Mauz, hier die gewünschten Daten.", überreichte der Kollege seine Ausarbeitung.

„Super, das ging schnell!", lobte Mauz den Kollegen, warf einen kurzen Blick auf die Arbeit und verabschiedete ihn mit den Worten: „Einen schönen Abend noch" und deutete mit einer saloppen Handbewegung an, das Büro zu verlassen und ergriff angestrengt sein Telefon.

Die Aufforderung nahm der Kollege wörtlich. Er ging stolz an seinen Arbeitsplatz, packte seine Sachen zusammen und verabschiedete sich von den Kollegen, die daraufhin auch ihre Arbeit für diesen Tag beendeten.

# Steinfelds Präsentation

Am darauffolgenden Tag musste Abteilungsleiter Steinfeld seine Präsentation vor dem Vorstand Dr. Schön, H. Kortes und dem Leitungsteam abhalten. Man war gespannt, ob es dem Kollegen möglich war, die geforderten Daten präsentationsfertig aufzubereiten. Woher auch sollte Steinfeld Lösungen haben, wenn der Vorstand nicht einmal eine hatte.

Es kam, wie es kommen sollte.

„Guten Morgen, meine Herren.", begrüßte Herbert den Vorstand Dr. Schön und das erneut versammelte Leitungsteam. „Heute wird uns Kollege Steinfeld seine brillante Lösung bezüglich der optimierten Einkaufspreise präsentieren. Herr Steinfeld, bitte."

Herbert forderte Steinfeld mit einer coolen Handbewegung unmissverständlich auf, sich zu erheben und nach vorne zum Rednerpult zu kommen.

Das Grinsen der Kollegen war deutlich zu sehen. Sie erfreuten sich an der Unsicherheit des Kollegen und lehnten sich provozierend und völlig entspannt zurück. Ihnen war klar, was kommen würde.

Steinfeld stand auf, ging wackelig und zögerlich zum Rednerpult, zog sein USB Stick aus der Tasche und ließ ihn von einem Kollegen in den PC stecken, um seine Präsentation öffnen zu können. Er begann mit seinem Plädoyer:

„Aufgrund unvorhergesehener, strukturell bedingter Marktschwankungen, sehen wir uns vom Markt gezwungen unsere Einkaufspreise drastisch zu senken. Das war die gestrige Aussage von Herr Kortes.", begann Steinfeld plötzlich in überzeugender Managerart seine Präsentation und schaute Herr Kortes siegessicher an.

Erstaunen sah man den Kollegen, Herr Kortes aber auch Dr. Schön an.

„Wir sind vom Vorstand aufgefordert, bis Mitte nächsten Jahres einhundertzwanzig Mitarbeiter abzubauen und die Gehälter der verbleibenden Mitarbeiter um fünfundzwanzig Prozent zu senken, wobei auch unsere Gehälter betroffen sein sollen.", fuhr Steinfeld mit sicherer Stimme fort.

„Ich wurde gestern von Herrn Kortes aufgefordert, über Nacht mögliche Potentiale aufzuzeigen, die die Einkaufspreise auf akzeptables Niveau bringen sollen. Anbei sehen sie folgende Vorschläge..."

Steinfeld hielt eine beeindruckende Präsentation.

Herbert und die Kollegen waren von der Vielzahl der alternativen, professionell herausgearbeiteten Potentiale überwältig und hielten ihre sonst so übliche Kritik zurück. Nach dreißig minütigem Monolog beendete Steinfeld seine Präsentation und sah erwartungsvoll zu Dr. Schön.

Plötzlich fing Herr Kortes zu applaudieren an, stand auf und ging zu Steinfeld.

„Sehr gut. Danke, Steinfeld. Ich wusste, auf Sie kann man sich verlassen. Herr Dr. Schön, natürlich sollen unsere ausgearbeiteten, alternativen Lösungsmöglichkeiten lediglich Vorschläge meinerseits sein. Ich möchte keinesfalls dem Vorstand vorgreifen, ich möchte Sie damit lediglich vorab für die morgige Vorstandssitzung briefen", ergänzte Herbert.

Steinfeld blieb das Gesicht durch diese ergaunerte Wertschätzung seines Chefs stehen.

Die anwesenden Kollegen waren verdutzt. Wie konnte Steinfeld diese Daten aufbereiten und warum stand er nun vor Dr. Schön und holte sich Lorbeeren ab und nicht wir? Und was hat Kortes mit der Präsentation zu tun? Er war es doch, der Steinfeld ans Messer liefern wollte?

Was niemand wusste, Steinfelds Freundin und Lebensgefährtin promovierte momentan in Betriebswirtschaftslehre an der Universität in Konstanz zum Thema „Internationale Marktpreisentwicklung von Stahl und Aluminium, eine Herausforderung für die Wirtschaft" und sie gab ihm einen Auszug ihrer halbfertigen Dissertation, welchen Steinfeld im Originalauszug übernahm und protzig seinen Namen in die untere rechte Ecke setzte.

„Herr Steinfeld, Respekt für ihre Ausarbeitung. Danke", lobte Dr. Schön.
„Herr Kortes, weiter so! Sie haben ihre Mannschaft sehr gut im Griff.", verabschiedete er sich, nahm den USB Stick mit der Präsentation und verließ den Besprechungsraum.
Die Kollegen kamen auf Steinfeld zu.
„Gratuliere, tolle Präsentation! Sehr gut gemacht", logen sie einstimmig, übertrieben und vor allem scheinheilig.
Herbert streifte Steinfeld mit einem neidischen Blick und ging wortlos aus dem Konferenzraum.
Ein leichtes Grinsen machte sich auf Steinfelds Gesicht breit.

# Die Chorfrauen und der Skiurlaub

Täglich tauchte der Herbstnebel den Bodenseeraum in einen weißen feuchten Teppich, absorbierte jegliche Sonnenstrahlung und ließ die herrliche Urlaubslandschaft öde und trist erscheinen.

Auch die Golfsaison ging zu Ende. Ursula, Karin und Gudrun waren nicht nur freizeitorientiert auf dem Golfplatz unterwegs, sie kümmerten sich natürlich auch um die sozialen Angelegenheiten in der Gemeinde. Sie waren unter anderem Mitglieder im katholischen Frauenkirchenchor und traten bei diversen Benefiz Veranstaltungen auf. Größten Spaß hatten die drei, sich über die nicht modisch elegant und körperlich etwas runderen Sängerinnen des Chores lustig zu machen.

Nach der wöchentlichen Chorprobe traf man sich gewöhnlich zu einem kleinen Umtrunk im Bahnhof Fischbach, einem zum Restaurant umgebauten Bahnhof, und tratschte ein wenig über Gott und die Welt. Die drei Grazien passten rein optisch mit ihrem überaus modischen Outfit nicht in den Chor. Die anderen Chormitglieder waren meist in lässigen Jeans und viel zu weiten T-Shirt gekleidet, darüber trugen sie eine gemütliche Flies Jacke und eine langweilige Lederjacke. Die Haare waren zum Zopf zusammengebunden und Kosmetik war verpönt.

Ursula, Gudrun und Karin waren dennoch seit Jahren Mitglieder und hatten sich durch ihr Verhalten und die teure Kleidung von dieser Mittelschicht abgehoben.

So wollten sie es. Sie strahlten Reichtum und Wohlstand aus. Sie gehörten der „Upper Class" an und protzten gerne damit.


„Ja, mein Mann ist so beschäftigt. Er kommt selten vor 21 Uhr nach Hause und ist ständig verreist.", protzte Ursula vor ihren Chorfreundinnen.

„Oh ja, das kenne ich. Mein Mann wird bald Chefarzt, der hat natürlich auch sehr viel zu tun.", fügte Karin an.

„Bei der Sparkasse sieht's auch nicht anders aus. Die schließt zwar um 17:00 Uhr aber vor den 20 Uhr Nachrichten ist mein Eberhard nicht zu Hause.", setzte Gudrun hinterher.

Die anderen Chorfreundinnen verstummten etwas. Es war ihnen peinlich, dass ihre Männer bereits gegen 16 Uhr zu Hause waren. Sie trafen sich meist mit der Familie und den Kindern zum Kaffee und wollten sich nun nicht zu Wort melden.

„Ich hab gehört ihr seid umgezogen?", wollte Karin von einer der Chorfreundinnen wissen.

„Ja, man hat uns den Mietvertrag gekündigt, wegen Eigenbedarf. Jetzt sind wir mit den Kindern in eine Vier-Zimmer-Wohnung im Stadtteil Oberhof gezogen.", antwortete die Freundin etwas verschämt.

Der Oberhof in Friedrichshafen ist nicht gerade die Vorzeigesiedlung der Stadt und deshalb schämte sie sich etwas.

„Was macht ihr denn in den Winterferien, geht ihr auch Skilaufen?", wollte Gudrun von einer anderen Chorfreundin wissen.

„Nein, wir gehen nicht. Uns ist das zu teuer. Wir gehen an den Gehrenberg oder fahren am Nachmittag ins Allgäu", antwortete sie.

„Wir, mein Herbert und ich gehen wie immer über Silvester nach St. Moritz in den Schweizerhof. Das brauchen wir einfach zum Entspannen. Wenn wir zu Hause bleiben, fängt mein Herbert gleich wieder an zu arbeiten.", ergänzte sie prahlerisch.

Ursula, Gudrun und Karin passten nicht zu den Chorfrauen.

Die drei genossen es aber ihre Überheblichkeit vor den anderen auszuleben und wollten daran auch nichts ändern. Von den Chorfrauen wurden sie als arrogante, reiche Tussis abgestempelt, aber so akzeptiert wie sie waren, schließlich gehörten sie zur Gemeinde und man wollte niemanden aufgrund seines Status ausschließen. Geld verändert eben den Charakter, war der gemeinsame Tenor der anderen.

Am späten Abend verabschiedeten sich die Chorfrauen in die Weihnachtsferien und wünschten sich noch schöne Feiertage und ein gutes Neues Jahr.

„Schaaatz, wo sind denn meine Skisachen?", rief Herbert durchs Haus. Er stand vor seiner riesigen Ankleide und durchstöberte die verschiedenen Fächer und Schubladen. Ursula war gereizt. Zum einen, weil Herbert durchs Haus brüllte und zum anderen, weil er Unordnung in die sorgfältig sortierte Ankleide brachte.

„Weißt du was?", sagte Ursula zu ihrem Herbert. „Setzt dich doch und lies die Zeitung. Ich packe die Sachen zusammen und in einer Stunde fahren wir los."

Herbert war zufrieden mit ihrem Vorschlag, er kannte sich sowieso nicht so gut aus in seiner Ankleide und genoss die Ruhe beim Zeitunglesen.

„Papa, schau mal! Hier ist was abgebrochen, kannst du das reparieren?", forderte Sophie ihren Vater auf, den Fuß ihrer geliebten Puppe zu reparieren. Herbert schaute sich kurz und voller Desinteresse den Fuß der Puppe an:

„Ach, da kann man nichts mehr machen. Kauf dir doch eine andere." Er steckte seine Nase wieder in die geliebte Tageszeitung.

„Aber Papa, das ist doch Dolly, meine Lieblingspuppe! Die kann ich doch nicht einfach austauschen!", antwortete Sophie empört und schaute ihren Vater fragend an.

„Warum? Das ist doch nur eine Puppe.", antwortete Herbert kühl.

Sophie rannte zu Lilli und suchte Hilfe und Schutz bei ihr, denn sie war überrascht über die harten Worte ihres Vaters. Seine Aufmerksamkeit hatte dieser längst wieder dem Wirtschaftsteil der Zeitung gewidmet.

„Sophie, komm! Wir müssen unsere Sachen in die Garage tragen, wir fahren doch gleich ab.", lenkte Lilli die kleine Sophie ab und zog sie an der Hand in Richtung ihres Zimmers.

Lilli war natürlich von den Kortes eingeladen mit in den Skiurlaub zu fahren und dort auf Sophie aufzupassen. Lilli freute sich über diese Einladung und nahm diese gerne an. In den Skiurlaub zu fahren und dafür noch Geld zu bekommen, war natürlich eine willkommene Abwechslung für sie.

In St. Moritz angekommen, fuhren sie mit ihrem BMW vor den pompösen Eingang des Hotels Schweizerhof. Die in eleganten, langen, dunklen Mänteln gekleideten Butler empfingen höflich die Gäste an der Eingangstür. Die Autotüren wurden sofort nach Stillstand des Wagens geöffnet, um den Gästen beim Ausstieg zu helfen. Das Gepäck wurde ihnen abgenommen und schnell zur Suite im obersten Stockwerk des alten Hotels gebracht.

Die Kortes waren hier bekannt, sie waren Stammgäste und bezogen seit mehreren Jahren zur gleichen Zeit dieselbe elegante Suite.

„Grüzi, Frau Kortes. Grüzi Herr Kortes. Schön, dass Sie wieder bei uns nächtigen.", begrüßte der Chef-Butler die Familie.

Lilli war überwältigt von der Schönheit des Hotels. Sie kam aus dem Staunen nicht heraus.

Herbert reagierte nicht auf den freundlichen Empfang des Butlers, ging eiligen Schrittes zum Empfang und legte die Ausweise seiner Familie und den von Lilli auf den Tresen. Er bekam die Key Card  für die Suite und ging wortlos zum Aufzug.

Herberts Handy klingelte, als er gerade in die große Suite eintrat. Auf dem Display war „unbekannte Nummer" zu lesen.

„Hallo. Kortes. "

„Dr. Schön hier",  meldete sich Herberts Chef durchs Telefon.

„Herr Dr. Schön, hallo. Was kann ich für Sie tun?", erwiderte Herbert freundlich.

Ursula schaute zu ihrem Mann und verzog dabei das Gesicht, was andeuten sollte, dass er jetzt im Urlaub sei und nicht geschäftlich telefonieren solle.

„Ja, Herr Dr. Schön. Natürlich, mache ich gerne.", antwortete Herbert artig. „Nein, ich bin nicht im Urlaub. Ich bin nur für ein paar Tage mit meiner Familie beim Skilaufen", ergänzte er durchs Telefon.

„Ja, kann ich natürlich gerne ....Ja, natürlich... bis morgen. Ja, gerne bis morgen.", sagte Herbert.

„Ach, Sie brauchen die Daten heute Abend noch? Ja, ich verstehe. Natürlich, sehr gerne. Nein, macht mir doch überhaupt nichts aus. Ja klar. Danke, danke Herr Dr. Schön. Ja. Wiederhören."

Herbert drückte die rote Taste auf dem Handydisplay und schaute zu Ursula, die bereits anfing die Koffer auszuräumen.

„Sag nichts.", warf Ursula ihrem Herbert entgegen bevor er ein Wort sagen konnte.

„Schatz, versteh doch. Es war Dr. Schön, der...", begann Herbert, als Ursula sein Gespräch unterbrach.

„Weißt du was? Mach, was du für nötig hältst. Ich gehe mit Sophie und Lilli spazieren."

Ursula schnappte sich ihren dicken Wintermantel rief die beiden Mädchen und sie machten sich auf den Weg. Herbert war gezwungen seinen Laptop zu starten, eine Ausarbeitung vorzubereiten und diverse Telefonate zu führen. Er war eben dem obersten Führungskreis zugehörig und von diesen Managern waren solche Aufgaben und Arbeitseinsätze auch zu erfüllen.

Ursula flanierte mit den zwei Mädchen durch das schneebedeckte St. Moritz und setzte sich nach einer halben Stunde auf die Terrasse des berühmten Kaffeehauses Hanselmann. Der aufmerksame Kellner brachte ihnen schnell die gewünschten Getränke und sie genossen, die späte Nachmittagssonne.

Ursula bemerkte am Nebentisch eine Gruppe einheimischer, junger Skilehrer, gekleidet in rotweißen Engadiner Lehrwart Anzügen mit der Rückenaufschrift „SKILEHRER", die angeregt über die Einteilung der Skikurse für die neue Woche diskutierten. Sofort hatte Ursula einen der jungen Skilehrer nach ihrem üblichen Beuteschema ausgesucht und begann Blickkontakt mit ihm aufzunehmen. Der sonnengebräunte Skilehrer bemerkte den Blickkontakt und erwiderte ihn unauffällig, elegant mit einem Lächeln.

Ursula hatte die Witterung aufgenommen und war nun auf Beutejagd.

Nach wenigen Minuten stand der Skilehrer auf und ging zielstrebig auf Ursula zu.

„Grüzi, entschuldigen Sie. Kennen wir uns?", strahlte der Sonnyboy Ursula entgegen. Seine weißen Zähne leuchteten wie die Schweizer Alpen in der Sonne und sein sportliches, nach mandelholz riechendes Männerparfüm begann auf Ursulas Sinne einzuwirken.

„Ja, ich glaube schon. Sie sind doch mein Skilehrer für morgen, nicht wahr?", antwortete sie kess.

„Stimmt, ich habe Sie auf meiner Liste. Sie sind doch...?"

„Ursula", antwortete sie.

„Genau Ursula, Sie stehen ganz oben auf meiner Liste."

Lilli und Sophie schauten ungläubig zu Ursula.

„Mama, kennst du den Mann?", wollte Sophie irritiert wissen.

„Ja, mein Schatz. Das ist...?", Ursula stockte.

„Franz", antwortete der Skilehrer.

„Das ist Franz, mein Skilehrer.", vervollständigte Ursula und taxierte Franz mit ihren gierigen Blicken.

Franz hatte Blut geleckt und Ursula hatte endlich wieder neue Beute.

Lilli war die Situation sofort klar. Ursula baggerte den Skilehrer an. Lilli verhielt sich trotzdem ruhig, sie war Gast und wollte dieses Verhalten nicht verurteilen.

„Lilli, bringst du bitte Sophie wieder ins Hotel. Ich muss noch mit meinem Skilehrer Franz den Kurs für morgen besprechen.", bat Ursula mit aufgesetzter superfreundlicher Stimme ihr bezahltes Kindermädchen.
„Aber Mama, wir sind doch gerade erst gekommen und ich hab noch nicht ausgetrunken.", erwiderte Sophie überrascht.
„Ist schon gut, mein Schatz. Geh ins Hotel, ich komme später nach.", säuselte Ursula im Hormonrausch und forderte Lilli mit eindeutigem Blick auf, mit Sophie zu verschwinden.

„Ich finde es nicht gut, dass Mama mich einfach wegschickt!", wetterte Sophie und ging an der Hand ihrer Betreuerin zurück zum Hotel. Dabei warf sie immer wieder einen Blick zurück zu ihrer Mama, die sich angeregt mit ihrem neuen Skilehrer unterhielt.
Lilli kommentierte die Aussage von Sophie und die Situation nicht, spürte aber die Sehnsucht der kleinen Sophie, die sich mehr Geborgenheit und Aufmerksamkeit von Seiten ihrer Mutter wünschte.

Freundlich wurden die Mädchen vom Personal des Hotels begrüßt und fuhren mit dem eleganten Aufzug hinauf zur Suite. Herbert war tief versunken in seiner Arbeit und hackte wie wild auf seinen Laptop ein.

„Hallo, Papa!", rief Sophie zur Begrüßung.

„Hallo, meine Süße.", war die Reaktion Herberts. Dieser drehte weder den Kopf noch den Blick zu den eintretenden Mädchen. Er war beschäftigt. Vertieft in seine Arbeit, konnte er keine Ablenkung gebrauchen.

„Willst du nicht wissen, wo die Mama ist?", fragte die kleine Sophie nach.

„Ja, ja genau. Wo ist denn Mama? Ist sie denn nicht mit euch gekommen?", fragte Herbert emotionslos und desinteressiert. Trotzdem blieb er gewahrt höflich.

Sophie war enttäuscht von ihrer Mutter und von ihrem Vater. Super, wenn man in den Skiurlaub mit den Eltern fährt und diese keine Zeit für einen haben, dachte sich Sophie. Sie zog ihre Jacke und die Schuhe aus und setzte sich aufs Sofa.

„Komm, Lilli. Wir schauen fern, da kommen immer so schöne Sachen zum Lachen.", forderte die kesse Sophie ihre bezahlte Freundin auf.

Die Mädchen machten es sich gemütlich und kuschelten sich in einer weichen Tigerdecke ein, während sie die typischen Vorabendserien verfolgten.

Es wurde allmählich dunkel.

Herbert war immer noch tief versunken in seiner Arbeit, führte ab und zu Gespräche über sein Handy und vergaß die Zeit, seine Familie und seinen Urlaub. Für ihn war jeder Platz der Welt geeignet, um zu Arbeiten. Hauptsache war, man wurde nicht gestört und war online.

„Lilli, hast du auch Hunger?", wollte Sophie wissen.

„Ja, ich habe riesigen Hunger! Sollen wir was zu Essen machen?"

Lilli schaute auf die Uhr, es war kurz nach 21 Uhr.

„Warum Essen machen? Wir sind doch im Hotel!", antwortete Sophie altklug und rief: „Papa, wann gibt's Essen?".

Herbert reagierte erst, nachdem seine Tochter die Frage wiederholen musste.

„Ach ja, Essen. Ist denn die Mama nicht da?", wollte er wissen.

„Ne, die ist doch noch mit dem Skilehrer weg.", erklärte Sophie.

Herbert reagierte gar nicht auf diese Aussage und dachte sich auch nichts weiter dabei. Ihm war es wichtig in Ruhe arbeiten zu können.

„Na, dann geht mal runter ins Restaurant. Da gibt es leckeres Essen. Ich komme gleich nach.", war die gelangweilte Antwort von Herbert.

Die Mädchen ließen sich von den vornehmen Kellnern des Restaurants bedienen und genossen alleine den Abend.

Gegen 22:30 Uhr gingen sie satt zurück in ihrer Suite.

Sophies Vater saß immer noch an seinem Laptop und war gedanklich in einer anderen Welt. Die Mädchen begrüßten ihn nicht, schauten lediglich wortlos mehrere Sekunden zu ihm hinüber und machten sich dann fertig, um schlafen zu gehen. Lilli und Sophie teilten sich ein großes Schlafzimmer mit zwei getrennten Betten.

„Lilli, denkst du mein Papa hat mich lieb?", wollte die Kleine wissen.

„Na klar hat dein Papa und deine Mama dich lieb.", war die eindeutige Antwort von Lilli.

Sophie war traurig. Eigentlich ging es ihr gut. Sie bekam alles von ihren Eltern, was sie sich wünschte - bis auf Aufmerksamkeit und Liebe. Sophie knipste ihr Licht am Nachttischchen aus und weinte leise. Lilli konnte Sophie sehr gut verstehen. Sie begleitete sie ja täglich durch ihr mit materiellem Luxus übersätes Leben und hatte Mitleid. Lilli begann leise zu singen:

„In the arms of an angel fly away from here, from this dark cold hotel room and the endlessness that you feel........"

Sophie lauschte der liebevoll gesungen Ballade und ließ ihren Gefühlen freien Lauf. Sie stand auf und kuschelte zu Lilli ins Bett und weinte bitterlich. Lilli nahm sie in ihre Arme und streichelte sie über ihre langen, blonden, lockigen Haare.
Eigentlich hatte Sophie nur Lilli. Die Mädchen in ihrer Schule wollten aufgrund Sophies prahlender Art und Weise wenig mit ihr zu tun haben und gingen ihr aus dem Weg. Lilli hatte Sophie inzwischen, wie ihre eigene Schwester in ihr Herz geschlossen. Sie fühlte mit ihr.
Nach einer Weile hatte sich Sophie wieder beruhigt.
„Das ist ein schönes Lied, von wem ist das?", wollte sie wissen und trocknete ihre Tränen mit einem kleinen weißen Taschentuch.
„Von Sahrah McLachlan.", antwortete Lilli. „Das ist mein Lieblingslied." Sie sang weiter.
Sophie genoss die Nähe zu Lilli, sie war ihre einzige richtige Freundin und vor allem, war sie immer für sie da.

Es war inzwischen nach Mitternacht.
Herbert war bereits im Bett und auch die Mädchen waren eingeschlafen, als Sophie

von ihrer Mutter plötzlich unsanft am Arm aus Lillis Bett gezogen wurde.

„Sophie, du liegst im falschen Bett. Komm steht auf und geh in deines rüber!", forderte Ursula ihre Tochter forsch auf, die aber tief und fest schlief und nicht reagierte.

Lilli wurde wach und bemerkte, dass Ursula angetrunken war und nach Rauch roch. Sie zog eine Wolke von übel riechendem Gestank einer Gaststätte umgab sie. Ursula schaute genervt und verständnislos zu Lilli.

„Warum liegt Sophie in deinem Bett?", flüsterte Ursula Lilli zu.

„Sie hat ihre Mutter vermisst und wollte kuscheln", antwortete Lilli.

Ursula hatte kein Verständnis dafür. Immerhin war es schon Mitternacht und zu spät zum Kuscheln, dachte sie sich. Lilli kletterte über Sophie hinweg aus ihrem Bett und half Ursula das schlafende Mädchen ins eigene Bett zu bringen.

Ursula blickte kurz peinlich berührt in Lillis Augen, wandte ihren Blick ab und verließ mit schlechtem Gewissen das Zimmer.

Am darauffolgenden Tag war die Welt wieder in Ordnung. Herbert hatte seine Arbeit am Vorabend abschließen können und konnte Dr. Schön seine fertige Ausarbeitung schicken. Ursula war hormonell wieder ausgeglichen und Sophie genoss ihre Eltern und Lilli, die sich nun Zeit nahmen, um gemeinsam im Hotel zu frühstücken.

„Schatz, wie war dein Abend?", wollte Herbert von seiner Ehefrau wissen.

Sophie und Lilli waren gespannt wie Flitzebögen welche Antwort nun kommen würde.

„Ach, ich hab mich mit den Skilehrern zufällig getroffen und die hatten ihre Schüler zu einem kleinen Umtrunk eingeladen. War ganz nett.", antwortete Ursula beiläufig.

„Skilehrer, machst du denn einen Skikurs?", fragte Herbert nach.

„Ja klar, hab ich dir das gar nicht erzählt?", log Ursula.

Herbert wunderte sich, aber wahrscheinlich hatte er wieder einmal Dinge vergessen, die seine Frau ihm angeblich erzählt hatte. Er wollte nicht nachfragen, um Ärger zu vermeiden.

Lilli und Sophie schauten sich fragend an.

„Mama, mach ich denn auch einen Skikurs?", erkundigte sich Sophie. „Äh, du, äh, nein ich glaube nicht. Oder hast du Sophie zum Skikurs angemeldet?", wollte Ursula von Herbert wissen.

„Ich? Ich wusste ja nicht einmal, dass du einen Kurs machst", antwortete Herbert etwas mürrisch.

„Ach, was soll´s. Dann melde die Mädchen doch einfach an!", forderte Ursula ihren

Herbert auf. „Ich muss mich jedenfalls beeilen, mein Skikurs beginnt in 30 Minuten." Ursula stand auf, küsste ihren Mann auf die Stirn, gab ihrer Tochter einen Kuss auf die Wange und winkte Lilli zum Abschied freundlich zu.

Herbert war verwundert. Hatte er wirklich diesen Skikurs vergessen? Hatte Ursula ihm überhaupt davon erzählt? Er war verwirrt.

„Ok, los. Esst mal fertig, dann gehen wir gleich zur Skischule rüber und melden euch zum Kurs an.", forderte Herbert die zwei Mädchen auf.

Den sonnigen Tag verbrachten Lilli und Sophie im netten Skikurs. Herbert fuhr alleine seine Abfahrten, somit musste er auf niemanden warten und konnte nach Belieben Schuss abwärts fahren.

Ursula amüsierte sich mit ihrem jungen Privatlehrer Franz, der ihr völlig verfallen war, sie platonisch verehrte und begehrte. Sie war, wie die Männer sagten, ein richtiger Hingucker mit ihrem Sportalm Skianzug und gefiel eigentlich allen Männern. Sie war witzig, frech, elegant, erotisch, spendierfreudig und hatte das Gewisse etwas.

Die Kortes verbrachten schöne Tage und ein schönes Silvester in ihrem Hotel im sonnigen Engadin und waren zufrieden.

Die Mädchen genossen ihren Skikurs und ihre zugeteilte Gruppe, hatten jede Menge Spaß dabei und lernten Einiges dazu. Lilli war durch ihre Arbeit zum Skifahren gekommen. Ihre Eltern waren keine Sportler und ans teure Skifahren war sowieso nicht zu denken. Die Kortes zahlten ihr die Leihausrüstung und den Skikurs und somit war die schlanke, sportliche Lilli sicher auf Skiern unterwegs.

Herbert war froh, ein paar Tage für sich zu haben und genoss seine kilometerlangen, einsamen Abfahrten abseits der Piste. Ursula war auffällig lange mit ihrem Skilehrer auf der Piste und kam meist sehr spät nach Hause.
Jeder war mit sich beschäftig und zufrieden. Niemand verurteilte den anderen für sein Tun.

## Der Neujahresempfang

Zuhause in Friedrichshafen stand auch schon der Neujahresempfang der Stadt an. Eine Veranstaltung im Graf Zeppelin Haus, an der man teilnehmen musste und Präsenz zeigen sollte, wenn man von den Vertretern der Stadt, der Industrie und der sogenannten

Prominenz wahrgenommen und akzeptiert werden wollte.

Ein Teil der Besucher wollte sehen und gesehen werden, der andere, größere Teil kam alljährlich zum Neujahresempfang, da die Stadt neben kleinen Snacks vor allem Getränke gratis ausschenkte. Viele dieser Besucher kamen mit der Absicht sich ordentlich zu betrinken. Sie waren nicht interessiert am Programm und den Vorträgen der geladenen Politiker oder Vertreter der Wirtschaft. Meist warteten die Besucher vor dem Vortragssaal bis die Reden fertig waren und die Getränke endlich an der Bar ausgeschenkt wurden. Somit standen sie an erster Reihe und rückten auch nicht seitlich weg, um den ankommenden Besuchern, die den Reden zugehört hatten, Platz zu gewähren.

Es wurden auch Gäste beobachtet, die Weinflaschen unter ihren Mänteln versteckten und diese mit nach Hause nahmen.

Auch Karin und Gudrun nahmen mit ihren Männern an dieser für sie wichtigen Veranstaltung teil. Sie wohnten im Einzugsbereich von Friedrichshafen und waren regelmäßig an dieser Veranstaltung zugegen.

Die Frauen hatten sich nur knapp, telefonisch über ihre Erlebnisse während des

Winterurlaubs informiert und freuten sich, sich endlich wieder einmal gemeinsam in der Öffentlichkeit präsentieren zu können.

„Schatz, darf ich vorstellen; Das ist Dr. Schwarz, der Vorstand von KAMIKA. Wir sind Geschäftspartner.", begrüßte Herbert seinen Partner überfreundlich.

„Guten Abend, gnädige Frau.", antwortete Dr. Schwarz in alter Gentlemen Manier und streckte ihr seine Hand zur Begrüßung entgegen. „Sehr angenehm.", sagte er.

Ursula fand Dr. Schwarz widerwärtig.

Er war Anfang sechzig, dick, unsportlich, trug eine mit Fingerabdrücken übersäte *Gucchi* Brille und einen viel zu weiten Designeranzug. Seine feuchte Hand war warm und klebrig. Sein Aftershave brannte in Ursulas Augen und verursachte Übelkeit.

„Freut mich auch!", antwortete Ursula freudestrahlend aber innerlich angeekelt unter kurzem Atem, um diesen fiesen Geruch nicht zu inhalieren. Sie war es gewohnt eine Maskerade aufzusetzen, um angenehm und elegant auf die anderen zu wirken. Es war ihre freie Entscheidung so zu sein wie sie war und sie fühlte sich in ihrer Rolle wohl.

„Ja, Herr Dr. Schwarz. Richtig. Mein Mann hat schon viel über Sie gesprochen. Ich glaube, Sie sind gute Geschäftspartner und Ihre

Geschäfte laufen auch gut.", antwortete Ursula.

Im selben Moment kam ihre Freundin Karin mit Gatten auf sie zu.

„Hallo Ursula, schön dich wieder zu sehen! Wie war´s im Skiurlaub?"

Karin begrüßte Ursula mit Küsschen auf die linke, dann auf die rechte Backe und flüsterte Ursula ins Ohr: „Wer ist denn der eklige Typ?"

Ursula grinste und sagte: „Karin, darf ich vorstellen: Herr Dr. Schwarz, ein Geschäftspartner von Herbert."

Dr. Schwarz strahlte Karin an.

Sie war genau der Typ Frau, die seiner Männerfantasie entsprach. Man konnte seinem zweideutigem Blick schon wilde Gedanken ablesen. Die feuchte, warme Hand durfte nun auch Karin genießen.

„Darf ich vorstellen: mein Mann Manfred, Dr. Manfred Schwal, Oberarzt in der Kurklinik Überlingen.", stellte Karin ihren Mann vor.

„Ach, sie sind Arzt?!", setzte Dr. Schwarz das Gespräch fort „Das trifft sich gut, ich habe da folgendes Problem....."

Dr. Schwarz nutzte die Gunst der Stunde. Er drückte Manfred ein langes Gespräch auf und wollte medizinische Ratschläge bezüglich irgendwelcher Wehwehchen, unter denen er zu leiden schien.

Karin zog Ursula unauffällig zur Seite und flüsterte ungeduldig: „Jetzt erzähl mal genauer, wie war´s mit Franz? Wie oft habt ihr? War er gut im Bett?".

Die Frauen tauschten sich Details ihrer wilden Sexabenteuer aus und lachten amüsiert darüber als plötzlich Gudrun zu ihnen stieß.

„Na Mädels, ihr habt wohl viel Spaß miteinander?!", unterbrach Gudrun das angeregte Gespräch. „Es geht bestimmt wieder mal um Männer.", setzte sie fort. „Und ich glaube, nicht um die eigenen Männer. Habe ich Recht?"

Ursula und Karin lachten herzhaft los und antworteten: „Na klar, was denkst du denn?!"

„Eines kann ich euch aber auch sagen", erwiderte Gudrun mit neckischem Grinsen im Gesicht, „so ein süßer Hausmeister hat´s auch in sich."

Gudrun machte dabei einen lüsternen Gesichtsausdruck und ihre nach vorn gespitzten, prallen Lippen, die zur Kussform zusammen gezogen waren, sprachen Bände. Sie strich sich unauffällig über die eigene Brust und leckte sich vorsichtig unauffällig über ihre Lippen.

Ursula und Karin brachen in schallendes Gelächter aus.

„Etwa der junge Hausmeister vom Golfclub?", hakte Ursula nach und Gudrun nickte überlegen. „Ja, er ist ganz schön knackig kann ich euch sagen. Der kann sogar....", vom schallenden Gelächter angezogen standen sofort ihre Männer Herbert, Eberhard und Manfred neben ihnen.

„Na, euch geht's gut? Ihr habt sichtlich Spaß.", bemerkte Herbert.

Manfred und Eberhard schauten etwas angestrengt in die volle Lobby des Graf Zeppelin Hauses und fanden die Veranstaltung eher etwas bieder und steif anstatt amüsierend.

„Ach, da drüben ist unser Vorstand der Sparkasse. Komm Gudrun, lass uns hallo sagen.", forderte Eberhard seine Frau auf ins Smalltalk Geplänkel zu gehen.

Karin und Ursula ging es ähnlich, sie wurden von ihren Männern durch die Menschenmenge gelotst und den vielen Geschäftspartnern, Stadtvertretern und Persönlichkeiten vorgestellt. Obligatorische Unterhaltungen waren abendfüllend.

Gegen Mitternacht verließen die Gäste die Örtlichkeit und verabschiedeten sich überschwänglich.

Ursula zog die Beifahrertür ihrer großen Limousine zu, zog sich die Schuhe aus und sagte: „Geschafft!".

Herbert, am Steuer des Wagens schaute fragend zu ihr. „Was hast du geschafft, Schatz?"

„Mich strengen diese gezwungenen Gespräche an."

„Das ist aber normal und standesgemäß. Immerhin bist du meine Frau!", lachte Herbert bieder.

Karin war nicht zum Lachen, sie war müde und sie hatte das Bedürfnis dringend ihr Makeup abzuwaschen.

„Los, fahr schon. Ich will ins Bett.", forderte sie ihren Mann auf.

Mit Herbert war es langweilig geworden. Die leidenschaftliche Beziehung, die sie anfangs hatten war eingerostet. Durch seine langen Arbeitstage war er abends stets müde und fiel meist erschöpft ins Bett.

Sexuell lief schon lange nichts mehr zwischen den beiden, aber Ursula wusste sich ja Abhilfe zu schaffen. Über Herberts Hormonhaushalt machte sie sich keine weiteren Gedanken. Ihr war wichtig, dass er sich bemühte Vorstand zu werden, um höheres Ansehen in der Gesellschaft genießen können.

„Schatz, ich muss nächste Woche wieder mal nach Thailand. Wir setzten den Kurs für den Oberen Führungskreis „Internationales Management" fort. Die Thailänder sind einfach führend in diesen Angelegenheiten und dazu noch begabt. Ihre Schulungsweisen und Referenzen sind vorbildlich.", erklärte Herbert.

„Ach, wie lange bleibst du?", wollte Ursula wissen.

„Wieder nur eine Woche. Ich denke in einer Woche müssten wir durch sein.", erwiderte er. Ursula nützte diese regelmäßige Abwesenheit ihres Mannes gerne aus, um mit ihren Freundinnen Sport zu treiben und vor allem Wellness und abendliche, freizügige Unterhaltungen im vollen Umfang zu genießen.


„Karin, hier ist Ursula. Was machst du gerade?", wollte Ursula von ihrer Freundin durchs Telefon wissen.

„Nichts Besonderes. Ich liege gerade bei meinem Masseur auf der Liege und lass es mir gut gehen. Du solltest mal Rene sehen, der ist wirklich ein ganz Süßer!", säuselte sie.

„Herbert ist schon wieder in Thailand auf Geschäftsreise. Ich hätte da eine Idee."

„Was für eine Idee?", wollte Karin wissen.

„Tja, lass dich mal überraschen! Ich muss erst noch Gudrun anrufen."

„Nicht nötig, die liegt neben mir auf der Massageliege.", grinste Karin und ließ sich wollüstig den trainierten Körper von ihrem jungen Masseur durchkneten.

„Ihr seid ja richtige Luder und mir sagt ihr nicht Bescheid!", lachte Ursula ins Telefon.

„Für Überraschungen sind wir immer zu haben. Mein Manfred hat ständig Nachtdienst im Krankenhaus und Eberhard ist auf einem zweitägigen Seminar im Schwarzwald."

„Ohh, Mädels, ich hab was ganz Besonderes für euch. Eine Freundin hat mich zu einem Sextoy Abend eingeladen. Ich soll gute Freundinnen mitbringen. Wie sieht es aus, hättet ihr Lust?"

„Was? Ein Sextoy Abend?", sagte Karin laut. Gudrun wurde hellhörig und grinste frivol.

„Ach, das hört sich ja besonders gut an!", sagte sie dazwischen.

Inzwischen hatte Ursula ihr Telefon auf Lautsprechermodus gestellt damit Gudrun den Details besser folgend konnte. Die jungen Masseure schauten sich lachend an und gönnten den Grazien ihren Spaß.

„Klar sind wir dabei! Das lassen wir uns nicht entgehen", rief Gudrun dazwischen.

„Vielleicht bringen wir noch ein paar gute Freunde mit.", sie schaute neckisch ihren Masseur an, der aber unmissverständlich auf den goldenen Ring an seinem rechten Ringfinger deutete und den Kopf schüttelte.

Gudrun und Karin lachten.

„Ok, Mädels. Wir treffen uns heute Abend um 20.30 Uhr, die Adresse schreibe ich euch, damit eure Masseure nicht in Verlegenheit kommen.", lachte Ursula und legte auf.

Ursula rief Lilli an, die sich sogleich auf den Weg zu den Kortes machte, um auf Sophie aufzupassen. Dann ging Ursula in ihre Garderobe und durchstöberte ihre Designerstücke.

„Was könnte ich wohl dazu anziehen?", flüsterte sie vor sich hin, als sie von Sophie überraschend angesprochen wurde.

„Wofür, Mama?", wollte Sophie wissen und Ursula zuckte vor Schreck zusammen.

„Hast du mich erschreckt! Ich hab dich gar nicht gehört."

„Wofür suchst du was zum Anziehen?", hakte die kleine Sophie nach.

„Für heute Abend."

„Wie heute Abend? Gehst du schon wieder weg Mama?"

„Was heißt schon wieder weg, ich gehe doch nicht schon wieder weg."

„Doch! Du bist doch jeden Abend weg, wenn Papa nicht da ist."

Ursula schaute verwundert über die freche Antwort zu Sophie.

„Ich lass mir von dir doch nicht vorschreiben, wann ich weggehe oder nicht, meine Süße.", antwortete Ursula.

„Können wir nicht mal was zusammen machen, Mama?", fragte das Mädchen mit ihrer zarten Stimme.

Ursula war vertieft in die schwierige Aufgabe das passende Kleidungsstück zu finden und reagierte nicht.

„Mama?"

„Was ist?", wollte Ursula wissen.

Sophie liefen Tränen über die Wange. Sie drehte sich wieder einmal enttäuscht um und zog sich in ihr Zimmer zurück.

Kurze Zeit später klingelte es.

„Lilli, Lilli ist da!" Sophie sprang auf und raste vom Obergeschoß mit schnellen, kleinen Schritten zum Toröffner.

Sophie stand verheult an der geöffneten Haustüre und wartete auf ihre Freundin. Diese strampelte mit ihrem alten Fahrrad den kleinen Weg zur Villa hoch.

Sophie hüpfte ihr freudestrahlend entgegen. Lilli stellte ihr Fahrrad in den Radständer und drückte sie zur Begrüßung kräftig.

„Hi Sophie, geht's dir gut?", wollte sie wissen und schaute der Kleinen in die Augen, die noch etwas verheult waren.

„Was ist los?", wollte Lilli wissen.

Im selben Moment kam Ursula zur Haustür.

„Was macht ihr denn da?", fragte sie sich völlig verwundert über diesen Austausch von Zärtlichkeit.

„Ich begrüße meine Freundin.", antwortete Sophie.

Ursula war dieses Verhalten sichtlich unangenehm. Lilli war das Kindermädchen und nicht mehr, dachte sie sich und ging zurück ins Haus.

„Sophie haben eure Nachbarn ein neues Auto? Ich hab da ein schönes VW Beatle Cabrio gesehen?", wollte Lilli wissen.

„Das glaube ich nicht.", antwortete sie. „Die haben nicht so viel Geld wie mein Papa, der hat viele neue Autos. Aber unsere Nachbarn nicht.", erklärte die Neunjährige überzeugt.

„Mein Papa sagt, dass die auch nur zweimal im Jahr in den Urlaub fahren, weil das so viel Geld kostet."

Lilli war entsetzt über diese Antwort.

Sophie war von den Eltern mit materiellen Dingen überschüttet und konnte aus ihrem kindlichen Bewusstsein heraus nicht realitätsgemäß antworten. Sie war ja erst neun.

„Komm Sophie, gehen wir in dein Zimmer und schauen mal nach den Hausaufgaben.", forderte Lilli die Kleine auf und lenkte vom Thema ab.


Inzwischen war es Abend geworden und Ursula war bereit, um auszugehen. Die Mädchen saßen im Wohnzimmer und schauten fern.

Ursula trug enge, schwarze Leggins, eine weit ausgeschnittene schwarze Spitzenbluse, welche von einem mit tausenden kleinen Nietenbesetzten Gürtel in der Taille zusammen geschnürt wurde und ihre schlanke, feminine Figur sehr betonte. Die braunen hochgezogenen Lederstiefel mit hohem Absatz passten zum Outfit. Die Haare hatte sie sich zum Pferdeschwanz zusammengebunden und der rot-orangene Lippenstift leuchtete und verlieh ihrem Gesicht einen jugendlichen Glanz. Sie sah wirklich toll aus. Groß und sportlich, aber auch sexy.

„Mama, wohin gehst du?", wollte die kleine Sophie nun wissen.

„Ich gehe zu einer Freundin."

„Zu welcher Freundin?", hakte Sophie nach und drehte sich zusammen mit Lilli fragend um.

„Zu Gudrun gehe ich.", log Ursula.

„Und warum machst du dich dann so schick?"

„Ich bin doch nicht schick, ich bin immer so angezogen!", konterte Ursula und verabschiedete sich eilig.

„Mama, gibt's denn nichts zum Abendbrot?", fragte Sophie nach.

„Ähh ja,… Lilli machst du bitte Abendbrot, du weißt wo alles steht. Ich muss jetzt dringend gehen. Tschüss. Geht nicht so spät ins Bett.", rief Ursula noch durchs Haus und zog die Tür hinter sich zu.

„Glaubst du, dass Mama zu Gudrun geht?", wollte Sophie von Lilli wissen.

Lilli sah Sophie an und schüttelte ganz vorsichtig ihren Kopf. Sophie schaute ein paar

Sekunden traurig in die Weite, dann kuschelte sie sich zu Lilli an die Schulter.

„Komm, wir machen uns ein leckeres Abendbrot!", forderte Lilli die kleine Sophie auf und sie gingen in die Küche.

## Herbert außer Haus

„Solange Herr Kortes außer Haus ist, werde ich wohl seine Aufgaben übernehmen müssen.", prahlte Steinfeld als selbsternannter Stellvertreter von Herr Kortes, als er am Morgen das Büro betrat. Er schüchterte mit dieser Aussage seine Kollegen ein.

Hatte Herr Kortes Steinfeld als Nachfolger benannt? Niemand wusste es, aber auch niemand wollte dies hinterfragen. Nachfragen könnte als Misstrauen ausgelegt werden und war sicherlich nicht fördernd für die eigene Karriere. Steinfelds Verbindung zu Herr Kortes war schließlich schon bei der Präsentation vor dem Vorstand aufgefallen. Jedoch hatte das niemand genau durchschaut.

„Da ich nun der Dienstälteste im Büro bin, möchte ich sie bitten mir den nötigen Respekt entgegenzubringen.", fügte der von sich selbst überzeugte Steinfeld hinzu.

„Ich benötige von jedem von ihnen bis morgen 14.00 Uhr eine Auflistung der Einkaufspreise für die hier genannten Rohstoffe".

Steinfeld hob ein Blatt Papier in die Luft.

„Ein konstruktiver Vorschlag zur Kostensenkung legen sie natürlich bei.", beendete er seine Aufforderung, grinste erhaben in die gaffenden Gesichter seiner Kollegen und verschwand in seinem Büro.

Es war kein Murren zu hören, aber die Situation war gefüllt mit Neid und Missgunst.

Warum war Steinfeld der Nachfolger und warum nicht ich? Waren die Gedanken der karrieregeilen Kollegen. Keiner von ihnen hatte den Mut nachzufragen, geschweige die eigene Meinung kund zu tun. Sie waren Marionetten, die nur nach Aufforderung handelten.

An diesem Tag verließ Steinfeld bereits um 16.00 Uhr das Büro, verabschiedete sich freudig strahlend und voller guter Laune von seinen Kollegen: „Ich bin gespannt auf ihre Auswertungen. Sollten sie noch Fragen haben, rufen sie mich auf dem Handy an. Ich habe noch einen externen Termin".

Steinfeld nutze die Abwesenheit seines Chefs aus, um  endlich mal früher nach Hause zu gehen. Heute konnte ihm niemand übel nachreden. Er war der Chef. Seine Karriere war gesichert. Er wurde von den Kollegen als Nachfolger Kortes scheinbar akzeptiert.

## Der Sextoy Abend

Ursula amüsierte sich prächtig mit ihren Freundinnen am Sextoy Abend; acht attraktive Frauen im besten Alter, alle Mitte 40, ausgehungert nach Spaß und ein gutaussehender südländischer Bodybuilder mit einem großen Toykoffer und diversen Tatoos am Körper.

„Mädels, darf ich vorstellen: das ist Leon. Er war früher Pornodarsteller, hat sich aber seit zwei Jahren spezialisiert. Er ist selbständig mit eigener Vertriebsagentur für Sextoys, Artikel aus aller Welt. Wenn einer euch was beibringen kann, dann Leon.", begrüßte Gina freudig ihre Gäste in ihrem ausgebauten Partykeller.

Ein kicherndes Schulmädchenlachen erfüllte den Partyraum.

„Ursula hat ihre Freundinnen Karin und Gudrun mitgebracht. Schön, dass ihr Zeit habt!", begrüßte Gina die Mädchen freundlich.

Die Freundinnen waren begeistert. Sofort prostete man sich aufgeregt mit Prosecco zu, um die erste Scham herunter zu Spülen. Wann hatte man schon die Gelegenheit einem solchen Abend beizuwohnen, der auch noch von einem echten Pornodarsteller abgehalten wurde? Das Treffen hatte einen besonderen Reiz, verrucht und verboten. Und es waren gleichgesinnte Frauen unter sich.

„Meine Damen, herzlich Willkommen.", begrüßte Leon seine potentiellen Kundinnen mit südländischem Dialekt.

„Ich bin gebürtiger Mexikaner, aufgewachsen in Madrid und seit zehn Jahren wohnhaft auf Ibiza und wieder ledig.", begrüßte der gutsausehende, sonnengebräunte Leon die begeisterten Frauen.

Ein gieriges Raunen ging durch die versammelte, kleine Runde.

„Ich liebe alles, aber am meisten liebe ich die Frauen.", ergänzte der Gigolo grinsend und erntete sofort zustimmendes Gelächter und Applaus.

„Ihr solltet aufpassen; Ich bin jeden Tag spitz, fordert mich nur nicht heraus, sonst

bekommt ihr Probleme mit euern Ehemännern.", provozierte Leon weiter.
Im selben Moment zog Leon einen riesigen, schwarzen Dildo aus der Tasche und klemmte ihn zwischen seine Oberschenkel, während er langsame Hin- und Her-Bewegungen wie beim Geschlechtsakt machte. Dabei sah er den Damen lüstern in die Augen.
Die Frauen jauchzten vor Freude beim Anblick der Vorführung, die Schamesröte stand ihnen dennoch im Gesicht. Irgendwie war es peinlich vor anderen so etwas zu sehen, aber es machte Spaß und törnte gewaltig an.
Es war ein Abend wie sie es sich vorgestellt hatten.
Leon, der klassisch gutaussehende Playboy spielte sein ganzes Repertoire an Verkaufskunst professionell kombiniert mit Charme aus. Die Damen amüsierten sich wie schon lange nicht mehr durch diese Verkaufsshow. Auch die Kasse von Leon war nach dem Abend  prall gefüllt. Die Frauen ließen es sich nicht nehmen, verschiedene Toys und Dessous zu kaufen.

Aufgeheizt von Leons Auftritt machten sich Ursula und ihre Freundinnen gegen Mitternacht noch auf den Weg. Sie wollten jetzt nicht nach Hause. Sie wollten etwas Abwechslung.

Herbert war in Thailand, Manfred hatte Nachtdienst und Eberhard war bestimmt schon im Bett. Sie ließen sich vom bestellten Taxi nach Ravensburg fahren. In dieser Studentenstadt war eigentlich jeden Abend etwas los.

Nach einer langen durchzechten Nacht, welche sie durch diverse Kneipen und Dance Clubs Ravensburgs führte, kam Ursula völlig erschöpft, aber scheinbar hormonell ausgeglichen, gegen 4 Uhr nach Hause.

Ursula stand vor ihrem Badspiegel. Die Anstrengung der vergangenen Nacht war ihr deutlich anzusehen; Die sonst so unsichtbar kleinen Krähenfüße am äußeren Augenrand waren stärker zu sehen als üblich. Eilig sprang sie unter die Dusche, schminkte sich sorgfältig ab und betrachtete sich nochmals kritisch im großen Badezimmerspiegel.

„Du siehst gut aus!", sagte sie überzeugt zu sich selbst. Sie zog ihren kleinen Bauch ein, drückte ihre große Oberweite etwas nach vorn und war zufrieden.

Sie fühlte sich wohl und sexy. Sie wurde den ganzen Abend umworben, sie wurde geküsst und sie wurde von einem jungen, gutaussehenden Burschen ordentlich herangenommen.

Das war genau das, was sie immer wollte und immer wieder suchte. Zufrieden mit sich selbst und müde schlüpfte sie ins Bett und schlief ein.

„Mama, ich hab verschlafen!", weckte Sophie ihre Mutter.

„Du hast den Wecker nicht gestellt.", fügte die Kleine hinzu.

Ursula war müde und sie fühlte sich zwanzig Jahre älter. Sie setzte sich auf, rieb ihre Augen und sah auf die Uhr: 9.10 Uhr.

„Du musst mich in die Schule bringen, Mama!", forderte sie ihre schlaftrunkene Mutter ungeduldig auf.

„Ja, ja, ich komme ja schon.", war die banale Antwort.

Ursula kämpfte sich aus dem Bett, ging in ihre Ankleide und zog einen Jogginganzug über ihren Pyjama. Ihr kurzer Blick in den Spiegel bestätigte ihr Gefühl.

Ursula zog sich schnell ihre Flipflops über und schleppte sich zur Garage.

„Sophie komm doch endlich!", rief sie noch etwas schlaftrunken.

Die Kleine hüpfte schon fertig gerichtet mit ihrem Schulranzen auf dem Rücken zur Garage, stieg ins Auto ein und sie brausten eilig davon.

Nach einer halben Stunde war Ursula wieder zu Hause, ging in die Küche, knipste den

Einschaltknopf ihrer *Saeco* an, machte sich einen starken doppelten Espresso und nahm ihr Telefon in die Hand.

„Guten Morgen, Karin. Hast du gut geschlafen?", fragte sie mit zweideutiger Stimme verschlafen durch den Hörer.

„Ja, mir geht's gut. Wie war´s bei dir?", wollte sie wissen.

„Er war gut. Besser, als ich erwartet hatte." Die Freundinnen lachten los.

„Meiner auch. Die jungen Männer sind einfach besser zu haben. Die machen, was du willst und vor allem muss man nicht lange diskutieren.", antwortete Karin völlig überzeugt von ihrem Fachwissen.

„Hast du schon was von Gudrun gehört?", wollte Ursula wissen.

„Ja klar, Gudrun hat die Nacht mit den zwei schwarzhaarigen Jungs verbracht..."

„Mit beiden?! Die ist ja gut drauf, ich ruf sie gleich an! Das muss sie mir ganz genau beschreiben. Ich melde mich wieder." Mit einem Klack war das Gespräch beendet.

„Gudrun, Gudrun! Du hast mit zwei gleichzeitig...??!", wollte Ursula bestätigt wissen.

Gudrun zögerte zuerst etwas mit ihrer Antwort und lachte dann los:

„Ja klar, das hat sich so ergeben. Ich konnte mich eben nicht entscheiden. Das war der

Hammer, kann ich dir auch wärmstens empfehlen."

Die Frauen lachten und tauschten frivole Details ihrer nächtlichen Abenteuer aus. Nach einem sehr erregenden halbstündigen Telefonat ging Ursula zur Haustür, holte die Tageszeitung und ging zurück zur Küche.

## Der Bürgerball

Eine große Annonce kündigte den Fasnacht-Bürgerball im Graf Zeppelin Haus in Friedrichshafen an.

Wieder eine Pflichtveranstaltung für die Prominenz der Stadt und für diejenigen, die gerne dazugehören wollten. Auch hier war „sehen und gesehen werden" wichtig, um die Kontakte zu den bedeuteten Menschen der Stadt aufrecht zu erhalten, beziehungsweise neu zu knüpfen. Eine Veranstaltung ähnlich des Neujahresempfangs.

Ursula rümpfte die Nase und zog ihre Stirn in Falten. Seit Jahren war sie von Herbert gezwungen an diesem Bürgerball teilzunehmen. Das bedeutete für sie aufgesetzte Freundlichkeit ausstrahlen und

Smalltalk mit Menschen zu halten, die sie weder kannte noch mochte.

Für Herberts Karriere war es aber ein wichtiger Teil, da ihn seltsamerweise gerade der sonst humorlose Dr. Schön dazu einlud. So fügte sich Ursula ihrer Rolle und spielte das gewünschte Theater mit.

Auch Gudrun musste mit Eberhard daran teilnehmen, da der Vorstand der Sparkasse Bodensee vertreten war und Eberhard von ihnen dazu eingeladen wurde. Eine Absage konnte man sich nicht erlauben. Man war in einem bestimmten Rang der Gesellschaft angekommen, in dem diese Art von Veranstaltung eben nun mal Plicht war.

Es war eine Art Status daran teilzunehmen, sich zu präsentieren, auf den VIP Plätzen zu sitzen und überschwängliche Freude auszustrahlen.

Die eigene Meinung zu solchen Veranstaltungen war nicht gefragt und diese wollte man auch nicht hören.

Gudrun hatte hin und wieder Glück, sie konnte sich durch die häufigen Nachtschichten Eberhards im Krankenhaus des Öfteren vor den aufgezwungen Veranstaltung drücken. In diesem Jahr waren die drei Freundinnen ihrem Schicksal erlegen und mussten daran teilnehmen.

Sie halfen sich gegenseitig und tranken mehr Alkohol als gewohnt um das Zusammentreffen aufzulockern.

Das Graf Zeppelin Haus, direkt am schönen Bodenseeufer gelegen, war prächtig geschmückt. Bunte Girlanden, diverse kleine Lichter, die ihr indirektes Licht in warmen Farben aussendeten, und ein großer Seeräuber auf einem Piratenschiff dekorierten den Eingangsbereich des Kulturhauses. Der große Veranstaltungsraum „Hugo Eckener Saal" war vom örtlichen Fasnacht- Verein zu einem herrlichen Partysaal geschmückt worden.
Kosten und Mühe hatte man nicht gescheut. Ein buntes Bühnenbild mit Piratenmotiven, Südseeflair und etwas Dschungelatmosphäre tauchten den Raum in ein wohliges Ambiente. Es war ein Ort an dem man richtig gut feiern konnte.
In eleganter Abendgarderobe gekleidet, trudelten die Gäste des Bürgerballs ein. Große, teure Limousinen hielten vor dem Graf Zeppelin Haus und die selbsternannte Crème de la Crème der Stadt und der Umgebung entschwebte elegant aus den Fahrzeugen. Eine kleine bunte Luftschlange um den Hals getragen zeugte von herzlichem Humor und hüllte selbst Dr. Schön in eine erzwungene neckische Silhouette.

Den kostümierten Narren Vorort, welche den Abend begleiteten und die Gäste in Närrische Stimmung bringen sollten, war es verboten vor allem den edlen Frauen an die teure wohlgeformte Frisur zu gehen und sie kräftig durcheinanderzubringen, was eigentlich Usus in dieser Zeit war. Gepflegtes Hüpfen, lustig sein und vorsichtig schunkeln war allerdings erlaubt und sogar erwünscht. Man wollte ja mit der Zeit gehen und die Fasnet, wie man im Schwäbischen sagt, ist eben mal eine Lustige Zeit.

Ursula kam mit Gudrun und Karin fast gleichzeitig an. Sie begrüßten sich freundschaftlich. Ihre Männer drücken sich gegenseitig fest die Hände, hielten kurzen Small Talk und gingen ins Graf Zeppelin Haus hinein. Sofort begannen die von den Frauen gehassten übertrieben freundlichen Gespräche mit dem Oberbürgermeister und dessen Mitarbeitern der Stadt, den geladenen Landräten und Stadträten. Ärzte, Geschäftsinhaber des Friedrichshafener Einzelhandels und Manager der ansässigen Firmen waren ebenfalls präsent.
„Guten Abend Herr Dr. Schön", begrüßte Herbert sogleich seinen Chef als er ihn im Foyer des Hauses sah. Auch Ursula begrüßte sogleich den Chef ihres Mannes. Sie wusste was kommen würde. Er streckte ihr seine

warme, feuchte Hand freudig entgegen. Ursula hielt automatisch die Luft an, packte zu und versuchte ihren Ekel vor dieser Geste zu überspielen.

„Hallo Herr Dr. Schön. Freut mich immer wieder aufs Neue sie zu sehen. Danke für die Einladung", log Ursula ihm frontal ins Gesicht. Dr. Schön genoss die freundliche Begrüßung und drückte ihr einen freundschaftlichen Kuss auf die Wange. Ursula musste sich beinahe übergeben aber strahlte weiterhin freundlich. Auch Gudrun und Karin erlebten ähnliche Situationen und mussten Sparkassenmitarbeiter, Vorstände, niedergelassene Ärzte aus Friedrichshafen und Umgebung und deren Frauen herzlich begrüßen.

Inzwischen kannte man sich zumindest vom Sehen etwas und spielte das erwartete Spiel. Man lobte sich und die Anderen, erzählte von den teuren Urlauben und Anschaffungen. Das angeberische Protzen, vor allem von der gelungenen Ausbildung der wohlgeratenen Kinder lag jedem am Herzen.

Der herrliche Abend mit tollem Bühnenprogramm wurde genossen und man verabschiedete sich meist auf französische Art, in dem man sich unauffällig, bereits in der ersten Vorführungspause, ins Parkhaus schlich und nach Hause fuhr.

Auch die Kortes waren schon vor Mitternacht wieder zu Hause. Sie fuhren auf ihr Haus zu und sahen noch Licht brennen.

„Ach, ist Sophie noch wach?", wunderte sich Ursula. Herbert parkte den Wagen in seiner riesigen Garage und schloss die Villentüre auf.

Sophie und Lilli saßen auf dem Sofa und schauten etwas verschlafen fern.

„Ihr seid noch wach?!", begrüßte Herbert seine Tochter und Lilli.

„Was soll denn das Lilli? Du kannst doch unsere Sophie nicht so lange wach lassen. Bring sie bitte sofort ins Bett!", fauchte Ursula. Sophie weinte. Frau Kortes Tochter war traurig, dass sie schon wieder allein war und wollte nicht schlafen.

„Was soll das denn heißen?", wetterte Ursula los.

„Herbert, sag doch du mal ein Wort!", fordert Ursula ihren Mann auf.

„Komm, Sophie. Gehen wir ins Bett, ich bring dich hoch in dein Zimmer.", forderte Herbert seine Tochter auf.

Sophie kuschelte sich zu Lilli und reagierte nicht auf die Aufforderung ihres Vaters.

„Du bringst mich doch nie ins Bett. Warum soll ich heute mit dir hoch gehen?", war ihre Reaktion.

Herbert war erschrocken über diese Antwort. Er war aber auch getroffen.

Sophie hatte Recht.

„Herbert, lass dir doch nichts vorschreiben! Los, bring sie ins Bett!", befahl Ursula ihrem Mann.

Lilli stand auf.

„Ich gehe jetzt.", sagte sie, ging zum Flur und warf sich ihren Anorak über. Ursula kramte in ihrer Handtasche und streckte Lilli 50 Euro entgegen. Lilli nahm das Geld und verabschiedete sich mit „Gute Nacht".

Ursulas Augen waren kalt.

Sie war etwas enttäuscht. Lilli hätte Sophie ins Bett stecken sollen, aber sie tat es nicht. Lilli erwiderte ihren Blick für den Bruchteil einer Sekunde und ging.


Ursula ging in die Küche, füllte ein Glas mit kaltem Wasser, nahm einen großen Schluck daraus und las nebenher die auf der Bar liegende Post.

Eine Einladung des Kulturamtes mit VIP Karten für ein Konzert des Kammerorchesters Leipzig im Tettnanger Schloss lag offen da. Desweiteren lag eine Einladung zum Schulfest für kommenden Freitag, eine Einladung zum Benefizkonzert des Friedrichshafener Symphonie Orchesters und diverse andere Werbeflyer. Ursula schaute abfällig über diese Post hinweg, knipste das Licht in der Küche aus und ging nach oben.

Ursula hörte dem vorwurfsvollen Gespräch zwischen Herbert und Sophie mit einem Ohr zu, zog sich aus, nahm eine Dusche und ging ins Schlafzimmer.

„Schläft sie endlich?", wollte Ursula von Herbert wissen, der nach 30 Minuten im Pyjama endlich ins Schlafzimmer kam. Er setzte sich erschöpft auf die Bettkannte.

„Ja, jetzt schläft sie", antwortete er.

„Sie macht mir schwere Vorwürfe nie Zeit für sie zu haben."

„Ja toll, wie willst du dir Zeit nehmen? Du bist doch völlig eingespannt in der Firma. Dafür bekommt Sophie alles, was sie will.", schmetterte Ursula los.

„Ja, das sehe ich auch so. Ich habe keine Zeit, aber ich verdiene auch das Geld, und nicht wenig.", ergänzte Herbert überzeugt von sich und seiner Einstellung zum Leben und Erziehung.

„Sophie wird bald merken was sie von uns hat. Sie soll sich nur mal mit ihren Mitschülerinnen vergleichen. Sophie hat mehr als sie braucht. Sie hat sogar ein eigenes Hausmädchen.", ergänzte Herbert.

Ursula stimmte ihm zu.

„Genau, Sophie ist eben ein Einzelkind. Die haben es meist schwerer als andere. Aber es ist doch alles ok. Wir haben Lilli für sie. Gute Nacht, Schatz.", verabschiedete sich Ursula, drückte ihrem Mann einen Kuss auf die Stirn, drehte sich um und schlief ein.

Am anderen Morgen war die Trauer von Sophie schon fast vergessen und sie frühstückte gemeinsam mit ihren Eltern.

„Papa, wir haben am Freitag Schulfest. Ich trete mit Mädchen meiner Klasse bei einem kleinen Theaterstück als Frau Holle auf. Kommst du auch?"

Ursula schaute verdutzt zu Herbert.

„Äh, klar. Beim Schulfest bin ich natürlich dabei. Wann ist das denn genau?"

„Am Freitag um 15 Uhr. Die Eltern und Freunde sind herzlich eingeladen."

Herbert zog sein Smartphone aus der Bademanteltasche, prüfte seine Termine für Freitag und sagte: „Ach, das wird schwierig mein Schatz. Ich habe bis 18.30 Uhr Termine."

„Papa, aber es ist doch Schulfest! Alle Eltern kommen. Komm doch auch.", bettelte sie ihren Vater.

„Jetzt am Freitag?", hakte Ursula nach. „Da kann ich auch nicht. Da habe ich einen Nageltermin, den ich schon zweimal geschoben habe. Ich denke Lilli geht mit dir hin, ok?"

Sophie schaute ihre Mutter mit traurigen Augen an.

„Mein Schatz, es ist doch nur ein Schulfest.",
fügte Herbert hinzu. „Du wirst doch noch viele
Schulfeste feiern, dann sind Mama und Papa
bestimmt dabei.", erklärte er ihr selbstsicher
und tippte sich durch seine Geschäftsemails.

Für Herbert war es nicht möglich private
Interessen in den Vordergrund zu stellen. Er
hatte am Freitag Termine, die er nur sehr
ungern absagen wollte. Ein Schulfest war für
ihn jedenfalls kein Grund.
„Ich muss jetzt noch etwas arbeiten, heute
Mittag können wir gemeinsam etwas
unternehmen.", strahlte Herbert seine Sophie
und Ursula an, wischte sich mit einer
Papierserviette die letzten Krümel des
Frühstücks vom Mund, stand auf und
verschwand in seinem Arbeitszimmer.
Bevor er die Wohnküche verließ rief er noch:
„Ursula, du räumst doch die Küche auf.
Danke.", und verschwand im Obergeschoss.

Herberts Wochenenden bestanden aus Email
Abarbeitung und Essen. Er kümmerte sich
wenig um seine Frau und Tochter aber er
fühlte sich wohl und selbstsicher in seiner
Rolle. Er war erfolgreich, verdiente sehr gutes
Geld und er würde bald auf dem Stuhl des
Vorstandes seiner Firma sitzen, dann hatte er
es endlich geschafft. Der ständige Gedanke

an diese Karrierestufe ließ ihm vor Stolz seine Brust anschwellen.

„Herr über tausende von Menschen, das fühlt sich schon gut an.", waren seine karrieregeilen Gedanken.

Sophie war traurig und sprachlos. Sie saß auf ihrem Platz und spielte mit den letzten Krümeln am Tisch.

„Hör auf Dreck zu machen.", forderte Ursula sie auf. „Hilf mir lieber den Tisch abzuräumen, ich muss gleich los zum Friseur."

Sophie stand auf und rannte heulend in ihr Zimmer.


Gegen Nachmittag kam Ursula frisch gestylt vom Friseur zurück. Im Büro war Herbert immer noch in seine Emails vertieft und telefonierte mit seinen Abteilungsleitern. Sie waren aufgefordert sich auch am Wochenende für ihren Chef bereit zu halten.

Wer Karriere machen wollte, der musste auch Opfer bringen, war seine Meinung. Nach einer Weile rief Herbert seine Frau zu sich.

„Kann ich dich mal sprechen."

„Ja klar, was gibt's?"

Herbert zog Ursula zu sich auf den Schoß. Er kuschelte etwas an sie heran, strich ihren Rücken sanft auf und ab.

„Hör mal", begann Herbert, „ich hab mich mit Manfred besprochen."

„Mit welchem Manfred?", wollte Ursula wissen.

„Mit Manfred Schwal, Karins Mann."

Hatte Karin ihrem Mann etwas von unserem letzten Abend erzählt? Nein, Karin doch nicht!?, Ursula war aufgeregt.

„Ich möchte mich sterilisieren lassen. Kinder wollen wir schließlich nicht mehr haben, was meinst du?"

Ursula war verwundert. Warum sollte er sich sterilisieren lassen? Es lief schon ewig nichts mehr zwischen ihr und ihrem Ehemann.

„Was meinst du?", hakte Herbert nach.

„Ja, wenn du willst, von mir aus. Ich will sicher kein Kind mehr.", antwortete sie etwas überrascht.

„Na prima, ich habe nämlich schon einen Termin am Montag. Es wird ambulant durchgeführt. Nur ein kleiner Schnitt. Ich kann sogar gleich wieder ins Geschäft. Ist doch super, oder?", strahlte Herbert.

Ursula war misstrauisch. Warum wollte er sich freiwillig sterilisieren lassen? Hatte er etwa eine andere? Nein, er doch nicht. Er war doch ständig im Geschäft oder total erschöpft zu Hause.

Herbert küsste Ursula zärtlich auf ihre vollen Lippen, knabberte ein bisschen an ihr und schob sie etwas zur Seite.

„Du kannst dir jetzt deine Spirale ziehen lassen, das ist doch dann auch besser für dich und sie piekt dann nicht mehr so.", ergänzte Herbert.

Tatsächlich hatte sich Herbert früher daran gestört, dass beim Geschlechtsverkehr ein kleines Pieken von der Spirale zu fühlen war.

Plötzlich fuhr es ihr heiß durch die Glieder.

„Ich soll mir die Spirale ziehen lassen?" Eine ungewollte Schwangerschaft von einem ihrer Lover, das wäre das Aus für ihre Ehe.

„Ich muss jetzt weiter arbeiten, schließlich will ich es zu etwas bringen. Die brauchen mich eben auch am Wochenende.", strahlte er und drehte sich eifrig seinem Computer zu.

Ursula war es inzwischen Recht so wie es war. Sie wollte ihrem Mann nicht im Weg stehen bei seiner Karriere und fand sich mit ihrer Situation ganz gut zurecht.

Der kleine operative Eingriff verlief problemlos, Herbert war eigentlich nichts anzumerken.

Am Schulfest nahmen weder er noch Ursula teil und Sophie wurde von Tag zu Tag trauriger. Sophie war zwar ihr Kind, aber die nötige Zuwendung zum Erwachsenwerden bekam sie von ihren Eltern nicht.

Stattdessen vertiefte sich die Freundschaft zu Lilli. Leider viel zu oft wurde Lilli als Babysitter von den Kortes bestellt und fand die kleine Sophie weinend und etwas depressiv vor. Lilli spürte, dass ihre kleine Freundin auf Musik reagierte und sich durch diese auch beruhigen und etwas aufmuntern ließ.

Meist kam Lilli zur Villa, öffnete diese mit ihrem eigenen Schlüssel saß ans Klavier und spielte ihr Lied zur Begrüßung: „Angel" von Sahrah McLachlan.

Sophie kam dann heran gehüpft, setzte sich neben ihre Freundin ans Klavier und sie erfreuten sich an der Musik. Die zwei Freundinnen arrangierten sich mit ihrem Leben und machten das Beste daraus.


Eines Tages, kam Herbert völlig unerwartet früher nach Hause. Bereits gegen 18 Uhr fuhr er mit seinem Bugatti rasant in die Hofeinfahrt und stellte den Wagen lässig in der Garage ab. Vom Beifahrersitz nahm er einen Strauß roter Rosen und öffnete die Haustür.

„Schatz, wo bist du?"

Ursula, gerade am Telefon, war darin vertieft mit Gudrun die kommenden männerlosen Tage zu planen.

„Schaatz", rief Herbert erneut durchs Haus, als er plötzlich vor Ursula in der Wohnküche stand und ihr strahlend die roten Rosen überreichte.

„Ach, du bist schon zurück von deiner Thailandreise. Ich hab mit dir noch gar nicht gerechnet.", antwortete Ursula erstaunt. Normalerweise hielt Herbert sich streng an die genannten Reisetage und kam nie früher nach Hause.

Aber auch heute war er verändert. Er strahlte Freude und gute Laune aus.

„Ja, da siehst du mal!", fuhr Herbert fort. „Mit mir wird's nie langweilig."

„Sophie, mein Schatz wo bist du denn?", rief Herbert freudig.

Sophie und Lilli kamen über die imposante Marmortreppe ins Untergeschoss und begrüßten ihn.

„Schau mal, was Papa mitgebracht hat.", begrüßte Herbert seine Tochter.

Er nahm eine Rose für Sophie aus dem Strauß und drückte ihr einen freundschaftlichen Kuss auf die Wange.

„Hier für dich, mein Engelchen."


Sophie war sprachlos. War dieser Mann wirklich ihr Vater? Was hatte ihn so verändert? Es musste irgendetwas Besonderes geschehen sein. Dieses Verhalten kannte sie von ihrem Vater nicht.

Lilli stand sprachlos daneben und wollte ihren Augen nicht trauen, aber sie hatte ein ungutes Gefühl. Herberts Augen strahlten irgendetwas aus, was ihr eine Gänsehaut bescherte. Sie wusste aber nicht, was es war. Lilli hatte immer schon eine besondere Begabung etwas im Voraus zu ahnen.

„Da ist eine Karte drin!", wunderte sich Ursula und schaute in den Rosenstrauß.
Herbert grinste überheblich und gönnerhaft.
„Ja, ist da eine Karte drin?", lächelte er etwas scheinheilig. „Und für wen ist die?", fügte er grinsend hinzu.
Zögernd öffnete Ursula das Kuvert und zog mehrere Zettel heraus.
„Flugticket für 4 Personen, 14 Tage, Robinson Club, Fuerteventura, 5 Sterne", stammelte sie und schaute völlig verwundert zu Herbert, der sich inzwischen, überzeugt von sich und der Welt, auf den Barhocker in der Küche gesetzt hatte.
„Und?", strahlte Herbert seine Frau an.
Ursula sah Herbert in die Augen.
„Wir fliegen in den Urlaub?", fragte sie immer noch etwas verwirrt.
„Ja, Abflug Freitagnachmittag ab Friedrichshafen. Es sind doch Pfingstferien.", strahlte Herbert.
„Jippiii!!!", rief Sophie plötzlich und hüpfe ihrem Vater freudig entgegen. Dieser griff sie unter den Armen und wirbelte seine Tochter wie im Kinderkarussell umher.
„Und Lilli?", fragte Sophie als sie wieder aus der Drehbewegung heraus zur Landung

ansetzte und ihre kleinen Füße wieder den Boden berührten.

„Sie kommt natürlich mit, ich habe Tickets für vier.", antwortete Herbert.

Ursula, Lilli und Sophie waren völlig sprachlos. Da ging Herbert ins Reisebüro buchte 14 Tage Urlaub und sagte kein Wort.

Ich muss Gudrun und Karin Bescheid geben, wir wollten doch…, dachte sich Ursula als sie von Herbert aus ihren Gedanken gerüttelt wurde.

„Und Schatz, wie findest du meine Überraschung?", wollte Herbert die anerkennenden Worte seiner Frau zu hören bekommen.

„Das ist wirklich der Hammer!", log sie Herbert ins Gesicht „Ich freue mich, Schatz. Ich freue mich wirklich!", antwortete sie und drückte ihm einen zärtlichen Kuss auf die Lippen. Seine Augen strahlten allerdings etwas fremdes Animalisches aus.

Was war mit Herbert geschehen?, dachte sie sich heimlich.

Herbert war überzeugt in seinem Leben alles richtig gemacht zu haben. Er hatte Erfolg im Beruf, er hatte Geld und er hatte eine Familie die ihn für all seine Anstrengungen liebte. Herbert war glücklich, er hatte alles erreicht, was ein Mann sich wünschte.

Lilli war schlecht. Irgendetwas verursachte ihr Unwohlsein. Ihre Gefühle rebellierten und sagten ihr, hier stimmte etwas nicht.

„Lilli, ich hoffe du hast Zeit uns zu begleiten?", fragte Herbert.

Lilli zuckte zusammen. Ihr war so, als ob er ihre Gedanken von vorher verstanden hatte. Sein Blick war kalt. Gefühlskalt.

Dieser Mann verschweigt etwas, schrien die Gedanken in ihrem Kopf.

„Ja klar, ich habe Zeit. Ich komme sehr gern mit, Herr Kortes", antwortete Lilli artig und ließ sich nichts weiter anmerken.

„Schatz, heute Abend müssen wir noch ins Heinzler nach Immenstaad. Der Kollege Schmalberg verabschiedet sich in den Ruhestand. Der Trottel hat mir jahrelang Steine in den Weg gelegt und wollte nicht, dass ich Vorstand werde. Wird Zeit, dass er geht. Zum Glück ist er endlich 65.

Wir treffen uns mit unserer Vorstandschaft und VIP Gästen gegen 20 Uhr in Immenstaad. Bitte zieh dir was Nettes an. Ich muss noch was erledigen, ich hol dich um 19.45 Uhr ab. Bis gleich."

Im selben Moment war Herbert auch schon durch die Tür der Villa verschwunden und raste mit seinem Bugatti davon.

Ursula, Sophie und Lilli schauten sich fragend an. Jeder Einzelne spürte die merkwürdige Stimmung, aber niemand verlor ein Wort darüber.

„Lilli, ich hoffe, dass du heute Abend Zeit für Sophie hast?", fragte Ursula.

„Klar.", erwidere Lilli. „Ich bin da, ich muss nur noch schnell nach Hause, was erledigen. Ich komme wieder gegen acht zum Babysitten. Bis später."


„Wo warst du?", wollte Ursula von Herbert wissen, als er sie kurz vor acht von zu Hause abholte.

„Business, alles business.", erwiderte Herbert freudig und fuhr rasant den Weg von Friedrichshafen nach Immenstaad. Er parkierte seinen Wagen vor dem Restaurant Heinzler.

Der Parkplatz war fast voll, ein letzter Platz genau vor dem Ausgang war noch frei. Die edelsten Limousinen der Gegend parkierten vor der gehobenen Gaststätte. Man hatte den Eindruck an einer Autoshow für Edelkarossen teilzunehmen.

Herbert stieg aus, nahm seine Ursula an die Hand und führte sie ins Foyer der Gaststätte. Ein Empfangskomitee hieß sie namentlich Willkommen und drückte ihnen ein Glas Champagner in die Hand. Dr. Schön, Herberts Chef, kam sofort auf sie zu.

„Herr Kortes, schön, dass sie auch da sind.", empfing der Chef seinen Mitarbeiter. Mit einem gut gelaunten „Guten Abend, Frau Kortes", begrüßte er auch Ursula und streckte ihr wieder einmal seine ekelerregende Hand zur Begrüßung entgegen.

„Ich habe noch eine Frage bezüglich ihrer letzten Ausarbeitung. Sie entschuldigen bitte, Frau Kortes."

Dr. Schön schnappte sich Herbert und leitete ihn ins Nebenzimmer zur Geschäftsbesprechung.

Ursula stand völlig alleine unter den Gästen, als plötzlich ein junger Kellner ihre Aufmerksamkeit erregte. Der junge Mann bot den VIP Gästen umständlich und unbeholfen den Champagner an. In diesem Moment kam er auf sie zu.

„Darf ich Ihnen ein Glas Champagner anbieten?", erkundigte sich der junge Kellner höflich.

„Ja, gerne. Von Ihnen nehme ich doch alles gerne an.", schmeichelte Ursula dem Kellner, welcher sofort nervös wurde. Eine leichte Schamesröte war in seinem zarten Gesicht zu erkennen.

Er unterbrach sofort den Blickkontakt und schaute unauffällig zur Seite. Genau das war das Beuteschema, welches Ursula stark erregte. Sie war den jungen Männern einfach verfallen, da sie so natürlich waren und ihre Gefühle ungehemmt zeigten.

„Der schmeckt vorzüglich!", Ursula nahm einen großen Schluck aus dem Glas und ließ bewusst ein kleines Tröpfchen an ihrer Lippe übers Kinn herunterperlen, welches sie dann mit ihrer Zunge ableckte. Der Kellner hatte dieses Tröpfchen mit Adleraugen verfolgt und wurde durch das Verhalten von Ursula stark erregt.

Im selben Augenblick, griff ein Herr in dunklem Smoking nach zwei Gläsern auf dem Tablett des Kellners.

„Entschuldigung, ich wollte Ihre Konversation nicht stören.", unterbrach er die angespannte Situation. Darf ich mich vorstellen; Schmalberg, Dr. Schmalberg."

Er stellte die Gläser vorsichtig zur Seite und begrüßte Ursula, in dem er ihr die Hand entgegenstreckte.

„Kortes, ich bin Ursula Kortes."

Im selben Augenblick fiel Schmalbergs Grinsen in sich zusammen. Er wandte sich von ihr ab und sagte leise vor sich hin: „Der Trottel hat auch noch eine hübsche Frau.", und verschwand wieder im Getümmel der Gäste.

Als Ursula sich umdrehte war auch der junge Kellner verschwunden und Herbert stand dicht vor ihr.

„Na Schatz, hast du dich amüsiert?", grinste er souverän.

Mit einem Blick konnte sie erhaschen, wie eine attraktive Frau ihres Alters den jungen Kellner ins Nebenzimmer zog, sich kurz zuvor nochmals prüfend umschaute und die Tür hinter sich zuzog. Ursula grinste, ließ sich aber nichts anmerken.

Nach zehnminütigem, typischem Smalltalk über Haben und Sein wurde die heitere Runde durch das kleine klingelnde Glöckchen aufmerksam, welches den Gästen signalisierte am zugewiesenen Tisch Platz zu nehmen. Ursula warf nochmals einen Blick auf die Tür zum Nebenzimmer, und sah die attraktive Frau herauskommen.

Sie zog ihre Bluse zu Recht, zupfte etwas an ihren Haaren, trug ihren Lippenstift frisch auf und verschwand im Getümmel der Gäste. Ursula schmunzelte frivol und gönnte der fremden Frau den Spaß.


Dr. Schmalberg begrüßte die Vorstände und Kollegen der Firma, die Stadträte, die Vertreter der örtlichen Industrie und die geladene Prominenz der Stadt sowie auch die Presse. Nach der Vorspeise wurden Lobeshymnen auf Dr. Schmalberg ausgesprochen und man dankte ihm für die besonders erfolgreiche Arbeit der letzten 20 Jahre.

Nach dem Hauptgang ergriff Schmalberg erneut das Wort zur abschließenden Dankesrede:

„Sehr geehrte Vorstände, Kollegen, meine Herren Stadträte, liebe Gäste. Danke. Ich danke Ihnen herzlich für ihr Erscheinen und ihre guten Wünsche. 20 Jahre sind eine lange Zeit, dennoch waren diese Jahre niemals langweilig...."

Dr. Schmalberg ergänzte seine Rede mit Enthusiasmus und vergaß dabei die Zeit. Nach 30 minütiger Danksagung und Rückblick auf sein Leben endete er mit den Worten:

„Ich habe in den letzten Jahren alles Private für die Firma aufgegeben und jetzt nehme ich mir Zeit für mich und meine Frau. Ich bin zweimal geschieden und hatte keine Freunde mehr. Mit meiner heutigen Frau ist dies völlig anders. Sie liebt mich und ist mir stets treu. Danke Iris."

Dr. Schmalberg ging auf seine Frau, die auf der anderen Seite des Gastraumes saß, zu, überreichte ihr prächtige rote Rosen und küsste sie. Die Gäste applaudierten und Ursula grinste.

Es war die Frau, die mit dem jungen Kellner kurz vorher im Nebenzimmer verschwunden war.

Frau Schmalberg bedankte sich bei ihrem Mann, bei den Gästen und schenkte Ursula ein Lächeln mit einem kaum sichtbaren kurzen Augenzwinkern. Der junge Kellner stand im Eck der Gaststätte und beobachtete schweigend die Situation und das verlogene Verhalten dieser Menschen.

## Robinson Club

Am nächsten Tag begann der Packstress bei den Kortes. Ursula nahm eigentlich immer doppelt so viel Kleidung mit, wie sie jemals in einem Urlaub anziehen konnte. Sie wollte auf alle Eventualitäten vorbereitet sein und verzichtete deshalb auf nichts.
Lilli half Sophie ihre Sachen zusammen zupacken. Ursula legte anschließend notdürftig die Sachen ihres Mannes zusammen und platzierte sie auf einen kleinen Stapel in der Ankleide.
Was Herbert mitnehmen will oder nicht, soll er selbst entscheiden, dachte sie sich und widmete sich dann ihren Packlisten zu, um peinlichst genau zu kontrollieren, dass nichts vergessen wurde.

Am Freitagnachmittag hob auch schon der Ferienflieger vom Bodensee Airport

Friedrichshafen in Richtung Fuerte Ventura ab. Sophie war glücklich endlich wieder etwas Zeit mit ihren Eltern zu verbringen zu können. Und für alle Fälle hatte sie ihre Freundin Lilli dabei.

„Mama, ich freue mich auf unseren Urlaub. Schön, dass wir alle hier zusammen sind.", strahlte Sophie.

Herbert und Ursula schauten sich überrascht über die Aussage an, aber freuten sich auch ein wenig.

Nach knapp vier Stunden Flug landeten sie auf der Urlaubsinsel und wurden am Flughafen von einem privaten Fahrer erwartet, der sie herzlich willkommen hieß und sie in das nahegelegene Urlaubsressort der Superlative fuhr.

Schon beim Check-In fiel Ursula ein junger athletischer Mann auf, der in einer kleinen Gruppe mit anderen Gästen stand und redete. Ihre Blicke trafen sich zufällig und das Feuer war wieder bei Ursula entzündet.

Ein leckeres Jagdobjekt, dachte sie sich und grinste zweideutig dem jungen Mann zu.

„Ursula, wo sind unsere Reise Vouchers?", unterbrach Herbert die Kontaktaufnahme und holte Ursula aus ihren frivolen Träumen.

Die Kortes hatten die Präsidenten Suite gebucht. Ein exklusives Zwei-Zimmer-

Apartment mitten im Urlaubsressort. Lilli und Sophie teilten sich ein riesiges Schlafzimmer mit eigenem Bad und Whirlpool. Herbert und Ursula ließen sich im gleichgroßen, gegenüber liegenden Zimmer nieder.

Dem Apartment zugeteilt war ein eigener Botenservice. Zwei blutjunge, nett aussehende Spanierinnen waren darum bemüht den Aufenthalt der Kortes so angenehm wie möglich zu gestalten.

Sie halfen den Kortes ihre Koffer auszuräumen, legten sorgfältig die ausgepackte Kleidung in den Schränken ab, deckten die Tagesdecken von den Bett ab und sorgten zugleich für frische Luft, indem sie die riesige Terrassentür öffneten.

Der Blick ging hinaus auf eine kleine Sandbucht, auf der einige Häuser in der Ferne zu erkennen waren, deren Lichter prächtig in der Dunkelheit funkelten. Der Mond stand tief und reflektierte sein Licht im ruhigen endlosen Meer. Ein kleiner Fischkutter tuckerte vorbei. Es war eine herrliche Atmosphäre, so wie man es gerne hatte im Urlaub.

„Fühlen sie sich bitte wie zu Hause.", sagten die beiden Zimmermädchen. „Sollten sie irgendetwas benötigen bitte klingeln sie hier."

Sie zeigten auf einen kleinen Klingelknopf an der Ausgangstüre. „Wir sind in weniger als einer Minute dann für sie da."

Im selben Moment klingelte Herberts Handy.

„Hallo Herr Kortes, hier Dr. Schön.", schallte es durch den Hörer.

„Hallo, Herr Dr. Schön.", erwiderte Herbert.

„Ich hab noch was vergessen. Folgendes...", legte Dr. Schön los.

Ursula verzog das Gesicht und Sophie starrte zu ihrem Vater.

„Papa, du telefonierst ja schon wieder mit dem Geschäft.", rief die kesse Sophie ihrem Vater entgegen, der sich allerdings schnell wegdrehte und mit der einen Hand sein Handy etwas zuhielt, um den Geräuschpegel einzudämmen. Er ging zum Schlafzimmer und zog die Tür hinter sich zu.

„Mama, was soll denn das? Papa telefoniert ständig mit dem Geschäft und hat nie Zeit für mich!", schrie Sophie vorwurfsvoll ihre Mutter an. Sie heulte jämmerlich los, lief dann schnellen Schrittes zu Lilli um sich heulend an ihre Brust zu werfen.

Ursula reagierte nicht auf die Vorwürfe ihrer Tochter. Sie drehte sich teilnahmslos weg, ging auf die große Terrasse und nahm sich von den bereitgestellten Getränken ein Glas Wein. Sie setzte sich mit Blick aufs Meer gerichtet in einen der Rattan Sessel und starrte auf Meer.

Sophie heulte, sie wurde von Lilli getröstet.

Nach wenigen Minuten kam Herbert wieder aus dem Schlafzimmer.

„Dr. Schön braucht noch ein paar Zahlen, die ich ihm aufbereiten muss. Geht schon mal runter zum Abendessen, ich komme nach.", erklärte Herbert geschäftig. Dabei blickte er weder Ursula noch Sophie oder Lilli in die Augen. Er kramte seinen Laptop aus der Reisetasche und verzog sich damit ins Schlafzimmer.

„Kommt Mädels, wir gehen Essen.", forderte Ursula die Mädchen auf und sie gingen zum Speisesaal.

Die köstlichsten Speisen waren liebevoll am Büffet aufgebaut. Ein Augenschmaus und eine Wohltat für Leib und Seele.

„Mama, das sieht toll aus. Da gibt's super leckere Sachen!", rief Sophie entzückt.

Im selben Moment stand schon ein Kellner parat, der die drei namentlich begrüßte und zu ihrem Tisch begleitete.

„Guten Abend, Frau Kortes. Kommt ihr Mann nicht zum Essen?", fragte der charmante zuvorkommende Kellner Mitte fünfzig und zog einladend den Stuhl vom Tisch zurück, damit Ursula sich setzen konnte.

„Mein Mann kommt später…vielleicht.", antwortete Ursula, ohne dabei ihre Enttäuschung ganz verbergen zu können.

„Na gut, darf ich Ihnen schon etwas zum Trinken bringen, Frau Kortes?"

„Ja, bringen sie mir bitte ein großes Glas vom besten Rotwein, den sie haben."

„Was darf es für Euch sein?", fragte der freundliche Kellner die Mädchen.

„Zwei Fanta, bitte.", drängelte sich die kleine Sophie hervor.

„Kommt sofort, meine Damen.", antwortete der Kellner, zwinkerte den Damen zu und verschwand in Windeseile.

„Kommt, lasst uns ans Büffet gehen!", forderte Ursula die Mädchen auf.

Die drei labten sich am leckeren Büffet und genossen die angenehme Atmosphäre im Club. Sie lachten und hatten sogar ein bisschen Spaß miteinander. Herbert kam natürlich nicht zum Essen nach, er war vertieft in irgendwelche geschäftlichen Ausarbeitungen.

Gegen spätabends forderte Ursula die Mädchen zu einer Erkundungstour der Ferienanlage auf.

„Kommt, Mädchen. Lasst uns mal etwas umherschlendern. Hier gibt's doch bestimmt tolle Sachen zu entdecken."

Bereitwillig folgten die Mädchen Ursula. Schon am Ausgang des Speisesaals hörten sie eine kleine spanische Live Band, die sich in der Nähe der Poolanlage positioniert hatte und gerade begann die typisch spanischen Klänge anzustimmen. Eine begnadete Sängerin gab dazu ihr Bestes.

Es war angenehm warm, ein lauer Wind war zu spüren und es lag der typische Duft von Urlaub in der Luft. Die Musik ließ die Gäste des Clubs in beschwingte Fröhlichkeit einstimmen, es war ein gelungener Abend.
Alkoholische Getränke wurden reichlich konsumiert und viele Gäste tanzten ausgelassen. Nach einer kleinen Besichtigungsrunde setzte Ursula sich an eine der vielen kleinen Bars und sagte:
„Lasst uns noch einen kleinen Gute-Nacht-Trunk nehmen, dann gehen wir zurück ins Apartment."

Die drei machten es sich gerade an der Theke bequem, als sich schon ein Gast zu ihnen umdrehte.
„Hallo, ik bin Kurt. Kurt aus Berlin und dat is meene Frau.", stellte er sich und seine Frau vor.
Sichtlich angetrunken strecke Kurt seine Hand Ursula zur Begrüßung entgegen. Ursula war angeekelt.
Kurt war klein, dick und verschwitzt. Er trug eine bunte, kurze Short und ein weißes Tank Top über seinem untrainierten, fetten Leib. Kurts Frau sah eigentlich aus wie Kurt, sie

trug nur längeres Haar und hatte auch einen Ansatz eines Dreitagebarts.

Bevor Ursula die Hand von Kurt ergriff, wurde die Situation von einem jungen Mann forsch unterbrochen, der sich zwischen sie drängelte und Kurt seinen trainierten Rücken zudrehte.

„Ursula, sie müssen Ursula Kortes sein nicht wahr?"

Es war der junge athletische Mann aus der Eingangshalle. Ursula völlig erleichtert nicht die ekelige Hand zu schütteln zu müssen erwiderte: „Ja, ich bin Ursula und Sie sind?"

„Joan, Joan Torre", antwortete der junge Mann mit verführerischem, spanischem Dialekt.

Ursula überkam sofort wieder ihr Jagdinstinkt.

„Angenehm, sehr angenehm.", flüsterte sie ihm entgegen.

„Mama, wer ist der Mann?", wollte Sophie wissen.

„Ach ja, hier, das ist meine Tochter Sophie und Lilli unsere....äh", Ursula zögerte für einen kurzen Augenblick,  „unsere Freundin Lilli."

Zum ersten Mal fiel Ursula auf, dass sie eigentlich keine Bezeichnung für Lilli hatte. Babysitter zu sagen war natürlich nicht mehr zeitgemäß und machte auch ein wenig alt, besonders in Anwesenheit von jungen Männern. „Freundin, Freundin der Familie", fiel ihr spontan ein und sie beließ es bei diesem Namen.

Kurt und seine Frau wandten sich anderen Gästen zu, die sich deren Gespräch aufdrücken ließen.

„Woher kennen sie meinen Namen?", führte Ursula das Gespräch fort.

„Mein Vater hat mir ihren Namen verraten."

„Ihr Vater?"

„Ja, mein Vater, ihm gehört der Robinson Club und sie sind unser VIP Gast, Frau Kortes.", grinste der braungebrannte Spanier sie unverschämt an.

„Ursula, sag Ursula zu mir.", hauchte sie ihrer Beute entgegen und fixierte seinen Blick.

„Mhh.. mhh", räusperte sich Lilli vorsichtig, die die Situation sofort richtig einschätze und sagte:

„Komm, Sophie, wir gegen zurück ins Apartment. Es ist schon spät, du bist doch bestimmt auch müde?"

Sophie stimmte ein, verabschiedete sich wieder enttäuscht von ihrer Mutter und ging mit Lilli zurück zum Apartment.


„Und was ist deine Aufgabe hier im Club?", fragte Ursula augenblinzelnd ihre neue Errungenschaft.

„Ich kümmere mich um die speziellen Wünsche der VIP Gäste, das ist meine

Aufgabe hier als Animationschef.", antwortete Joan in gekonnter Anmachertour.

„Ach, und welche speziellen Wünsche kann man sich hier erfüllen lassen?", hauchte Ursula.

„Hier werden alle Wünsche erfüllt, der Gast ist König.", flüsterte Joan ihr mit seinem spanischen Dialekt unwiderstehlich zurück.

„Ach, Schatz, hier bist du.", unterbrach Herbert die sich zuspitzende Situation. Ursula aber auch Joan zuckten zusammen.

Herbert küsste seine Frau und streckte Joan seine Hand entgegen.

„Hallo, Herbert, Herbert Kortes."

Joan war sichtlich enttäuscht über die Unterbrechung, wollte sich aber natürlich nichts anmerken lassen.

„Hallo, Herr Kortes. Ich bin Joan. Ich habe ihrer Frau gerade unsere Ferienanlage erklärt damit sie morgen ungestört ihren Urlaub genießen können.", erklärte Joan scheinheilig.

„Danke, das ist nett.", erwiderte Herbert.

„Ich muss auch schon wieder weiter, andere Gäste warten noch auf mich. Ich bin viel beschäftigt.", entschuldigte sich Joan und verabschiedete sich mit einer freundschaftlichen Umarmung von Ursula.

In dem Moment als sich ihre Backen zum kleinen Verabschiedungskuss trafen, schnellte Ursulas Zunge hervor und sie leckte vorsichtig an Joans Ohrläppchen.

Joan zuckte zusammen. Von dieser Art Anmache war auch er als Chefanimateur etwas überrascht. Es törnte ihn aber ungemein an.

„Gute Nacht, Joan", sagte Ursula, blickte ihm kurz in die Augen und Joan wandte sich anderen Urlaubern zu.

„Deine Ausarbeitung hat wieder ewig gedauert.", sagte Ursula etwas vorwurfsvoll zu Herbert und lenkte sofort von der Situation ab.

„Ja, du kennst doch Dr. Schön. Er findet immer etwas, was noch fehlt. Aber jetzt bin ich fertig."

„Ach, schon fertig?", fragte Ursula scheinheilig. „Ich würde vorsichtshalber morgen früh gleich nochmal Dr. Schön anrufen, ob er auch alle Ausarbeitungen erhalten hat. Das kommt bestimmt gut an."

Herbert dachte kurz darüber nach und stimmte zu: „Ja, wenn es dir nichts ausmacht, würde ich schon gerne nochmals bei ihm Nachfragen. Du weißt, wer Vorstand werden will, muss auch Opfer bringen.", lächelte Herbert erfüllt von Selbstüberzeugung.

Für Herbert gab es nur noch ein Ziel im Leben: Den Vorstandposten. Hierfür gab er alles Private auf und war zu allem bereit.

„Schatz, ich möchte doch auch, dass du bald Vorstand wirst. Ruf morgen gleich im Geschäft an. Ich mach es mir mit Sophie und Lilli am Pool gemütlich.", schwindelte Ursula.

Bereits am darauffolgenden Tag setzte Ursula ihren geschmiedeten Jagd Plan in die Tat um und ließ sich ungeniert von Joan umwerben. Sophie und Lilli war dies peinlich und sie schlossen sich deshalb sofort dem Animationsprogramm des Clubs an. Es wurde Wasserball gespielt, mit Bogen geschossen, Tretboot gefahren etc...
Ursula hingegen genoss es umworben zu werden, vor allem von diesem jungen Spanier und sie verbrachte die Tage am Pool und ließ sich von der Sonne und den Kellnern verwöhnen.
Herbert musste seinen Urlaub vorzeitig abbrechen und in der Firma antreten, um diverse Ausarbeitungen für Dr. Schön zu machen.
Ursula war es Recht so, wie es war, sie benötigte ihren Herbert schon lange nicht mehr für körperliche Entspannung. So verbrachte sie nach Herberts Abreise mehrere hemmungslose Nächte mit ihrem jungen, spanischen Lover, der ihr es täglich richtig gut besorgte und kehrte schließlich hormonell ausgeglichen wieder nach Friedrichshafen zurück.

Zu Hause angekommen, traf sich Ursula sofort mit ihren Freundinnen Karin und Gudrun, um die Jagdnachrichten auszutauschen und sich damit hervorzuheben.

Bereits am darauffolgenden Wochenende hatte Herbert zu einer kleinen Grillparty zu sich nach Hause eingeladen. Geladen waren neben Karin und Gudrun, natürlich mit Ehemännern und deren Kollegen, auch führende Ärzte des Krankhauses Meersburg, Vertreter der Bodenseesparkasse und der Bauamtsleiter Dr. Holl der Stadt Friedrichshafen samt Gattinnen.
Herbert ließ den örtlichen Partyservice das Fest ausrichten, er stellte lediglich die Räumlichkeiten seiner Villa zu Verfügung.
An einer kleinen, mobilen Bar wurden die köstlichsten Longdrinks zubereitet, auf der anderen Seite des Gartens war eine Grillecke platziert, die neben einem kleinen Spanferkel, die leckersten Steaks und Bratwurstvarianten hervorzauberte. Daran anschließend war ein Salatbuffet aufgebaut, welches keine Wünsche offen ließ.
Selbst das Wetter war an diesem lauen Abend perfekt. Knapp über 20 Grad und das im Juni nach 22 Uhr.

Die Männer der Gesellschaft protzen mit ihren materiellen Neuanschaffungen wie Autos, Uhren und diversen Antiquitäten.

Die Gattinnen unterhielten sich über die wohlgeratenen Kinder und deren Karrieren an den Unis. Im Verlauf des Abends kam Dr. Schön auf Herbert zu. Er drehte sich auffällig hin und her und fragte mit leiser Stimme: „Konnten sie für mich bereits etwas arrangieren?".

Herbert grinste und war voller Euphorie endlich mal etwas nicht Geschäftliches für Dr. Schön tun zu können.

Dr. Schön war noch Junggeselle und hatte sich schon immer ein Haus direkt am Bodenseeufer gewünscht, aber irgendwie war nie eine Gelegenheit, eines dieser exquisiten Häuser zu kaufen oder diese wurden unter der Hand verkauft. Herbert hatte eine Lösung.

„Meine lieben Gäste", unterbrach Herbert die ausgelassene Stimmung der Party, bat den DJ die Musik abzustellen und fuhr fort. „Danke. Danke für Ihr Erscheinen. Ich hoffe Sie haben sich bereits an den Leckereien, die uns der Partyservice zubereitet hat, erfreut." Applaus setzte ein.

„Eine Feier, die nicht nur von unserem lieben Wettergott Petrus mit gutem Wetter beschert ist, wir feiern heute auch eine Party, die einen warmen Regen beschert.", fuhr Herbert fort.

Die Gäste schauten sich fragend an, was hatte dies nun zu bedeuten.

Herbert fuhr fort: „Einen warmen Regen für den Kindergarten in Friedrichshafen/Manzell, im Sinne eines Geldregens. Ich spende hiermit 50.000 Euro für die Sanierung des Daches und den Ausbau der Toiletten."

Herbert hob einen großen, weißen Zettel nach oben, welcher symbolisch einen Check über das gespendete Geld darstellen sollte.

„Herr Dr. Holl, bitte schön.", Herbert ging zu Dr. Holl, dem Bauamtsleiter der Stadt Friedrichshafen und überreichte ihm den Check. Holl grinste etwas verlegen, nahm den Check aber bereitwillig an.

Die Gäste applaudierten und beglückwünschten Herbert zu dieser wohltätigen Tat. Ursula schaute etwas fragend zu Herbert, der aber erwiderte ihren Blick nicht.

Nach der Glückwunsch Zeremonie kam Dr. Schön auf Herbert zu.

„Herr Kortes, das ist aber eine beachtliche Spende.", erklärte Dr. Schön.

„Ja, das ist eine Menge Geld. Aber für einen guten Zweck kann man doch auch so einiges tun.", antwortete Herbert zweideutig.

„Ich verstehe nicht, Kortes. Was meinen sie?", hakte Dr. Schön nach.

Herbert schaute tief in die Augen seines Chefs, atmete erleichtert durch und sagte voller Stolz:

„Herr Dr. Schön, ich gratuliere zu Ihrem neuen Bauplatz in Hagnau."

Dr. Schön schaute Herbert fragend an.

„Mein Freund Dr. Holl, der Bauamtsleiter, hat für Sie bereits diverse gute Freunde kontaktiert und zufälligerweise ist in Hagnau, direkt am Bodenseeufer ein Seegrundstück zur Bebauung freigegeben worden, welches für Sie nun reserviert ist.", prahlte Herbert.

„Direkt am See?", hakte Dr. Schön nach.

„Ja, direkt in erster Seereihe. Es müssen nur noch die störenden alten Bäume gefällt werden.", ergänzte Herbert.

Dr. Schön schaute zu Herbert und warf seine Stirn in Falten.

„Ja, es war ein Naturschutzgrundstück. Aber es standen nur alte Bäume darauf. Die lassen wir mit einem Bagger wegmachen.", ergänzte Herbert und strahlte seinen Chef an.

„Ich verstehe, Herr Kortes. Sehr gut, sehr gut. Das gefällt mir sehr gut!", lobte Dr. Schön seinen Mitarbeiter.

Dr. Holl hatte sich bei der Vergabe der Dachsanierung des Kindergartens etwas verspekuliert. Er hatte die Ausschreibung zur Sanierung seinem selbständigen Schwager zugeschoben, der Wiederum in

Zahlungsschwierigkeiten steckte und nun fehlten die finanziellen Mittel dies auszuführen. Sollte diese Verabredung publik werden hätte Holl ein größeres Problem innerhalb der Stadt zu erklären.

Mit der freiwilligen, großzügigen Spende von Herbert konnte Holl diesen Missstand nun abwenden. Gleichzeitig hatte Holl dem Eigentümer des Seegrundstücks, seinem Schulfreund in Hagnau, versprochen kein Wort über dessen wöchentliche Besuche im Roten Haus, einem Bordell in Friedrichshafen, zu verlieren.

Daraufhin wurde der Bebauungsplan für dieses Grundstück in Hagnau genauer definiert und erweitert und schon war die Baugenehmigung vergeben.

Aufgrund dieser Neuigkeit und zugleich Sensation waren die Geschäftsmänner in ihrem Metier und protzten mit ihren eigenen Möglichkeiten und Fähigkeiten. Ihre Frauen unterhielten sich währenddessen über die neueste Mode und tauschten Klatsch und Tratsch über diejenigen aus, die nicht anwesend waren.

Am späten Abend klagte Ursula über Unterleibsschmerzen und verabschiedete sich auf französische Art und Weise von den Gästen, sagte aber Herbert kurz Bescheid.

# 5 Jahre später

Dr. Schön ließ eine eindrucksvolle, protzige Villa auf seinem Hagnauer Seegrundstück errichten und Herbert wurde immer stärker von allen Seiten als Nachfolger von Dr. Schön gehandelt.
Herberts regelmäßige Reisen nach Thailand zur Fortbildung taten ihren Beitrag dazu. Immerhin würde Dr. Schön Ende dieses Jahres in Ruhestand gehen. Herberts Zeit war nun fast gekommen.
Die störenden Kollegen und Mitarbeiter wie Herr Steinfeld und Beck verließen die Firma, da sie nicht den erwarteten Karriereanstieg schafften und entschieden hatten ihr Glück anderswo zu versuchen.

Ursula klagte immer häufiger über Unterleibsschmerzen. Sie wollte ihr Älterwerden nicht akzeptieren, ging deshalb nicht zur Vorsorge und drückte ihre Beschwerden regelmäßig mit Medikamenten weg.

Lilli feierte ihren dreiundzwanzigsten Geburtstag und beendete ihr Abitur am Graf Zeppelin Gymnasium und zog bei den Kortes ein. Sie hatte ein eigenes Zimmer mit Bad. Sie begann ein Fernstudium der Musik und der Sprachen Englisch und Spanisch.

Sophie war inzwischen 14 Jahre alt und hatte Lilli als ihre Schwester aufgenommen. Sie war ihre beste und einzige Freundin.

„Ich bin echt froh, dass ich dich habe, Lilli. Die anderen Mädchen in meiner Schule sind immer neidisch auf alles, was ich habe. Du bist ganz anders.", ließ Sophie verlauten.

„Ach, Sophie, du weißt doch, es gibt viel Wichtigeres auf der Welt als nur Geld.", erwiderte Lilli. „Ich hatte eigentlich nie Geld. Erst seit ich bei deinen Eltern arbeite geht es mir finanziell besser. Jetzt wohne ich sogar bei dir."

Die Mädchen grinsten sich an und freuten sich einander zu haben.

„Los, lass uns raus gehen. Wir drehen eine Runde mit dem Fahrrad. Es ist so schönes Wetter. Frische Luft ist immer gut.", forderte Lilli ihre Freundin auf.

Die Mädchen zogen sich schnell ihre Schuhe über und gingen zur Garage.

Plötzlich stützte sich Sophie mit der einen Hand an der Wand ab und setzte sich auf den Boden.

„Sophie, was ist los? Ist dir nicht gut?", fragte Lilli besorgt.

„Mir ist schlecht, lass mich.", Sophie saß kreideweiß am Boden, verdrehte leicht ihre Augen und Schweiß stand auf ihrer Stirn.

„Sophie", rief Lilli und kniete sich neben ihre Freundin.

„Leg dich hin. Hier, hierhin.", Lilli zog ihre Tasche zu sich und legte sie Sophie unter den Kopf.

„Ich bring dir ein Glas Wasser.", Lilli sprang auf und eilte zur Küche und rief aufgeregt ins Obergeschoss:

„Frau Kortes, Frau Kortes kommen sie schnell!" Nach wenigen Augenblicken kam Ursula vom Obergeschoss der Villa hinunter zum Flur.

„Was ist denn los? Warum brüllst du so, als ob…?", antwortete Ursula und sah ihre Tochter am Boden liegen.

Lilli und Ursula eilten zu Sophie.

„Sophie, mein Schatz. Ist dir wieder schlecht?"

Sophie war benommen und antwortete nicht.

„Was heißt, ist dir wieder schlecht?", fragte Lilli alarmiert nach.

Nach kurzem Zögern antwortete Ursula: „Als ganz kleines Kind wurde Sophie immer wieder schlecht, sie setzte sich auf den Boden und war benommen, so wie jetzt. Das passierte immer dann, wenn sie zu wenig aß."

„Das muss aber schon lange her sein.", antworte Lilli. „Sie hat mir nie davon erzählt."

„Ja, seit dem du bei uns bist, ist es eigentlich nicht wieder aufgetreten.", entgegnete Ursula.

„Waren sie schon beim Arzt deswegen?", wollte Lilli besorgt wissen.

„Nein, beim Arzt waren wir nicht. Da bekommt man erst einen Termin, wenn die Beschwerden schon wieder vorüber sind. Was soll der Arzt dann untersuchen.", antwortete Ursula

„Meist hörte es nach wenigen Sekunden oder Minuten wieder auf."

Lilli war über diese Aussage überrascht; Wenn ein Kind gesundheitliche Probleme hatte sollte man doch einen Arzt aufsuchen.

„Wir waren doch regelmäßig bei der U-Untersuchung, dort wurde nie etwas festgestellt.", antworte Ursula

„Haben sie es dem Arzt auch gesagt?", hakte Lilli nach.

Ursula schaute verständnislos zu Lilli.

„Nein, natürlich nicht. Ich hab doch kein krankes Kind und will auch kein krankes Kind.", antwortete Ursula gereizt.


Im selben Augenblick kam Sophie wieder zu sich. Schaute die zwei fragend an. Stand auf und sagte: „Können wir jetzt, gehen?"

„Siehst du,", sagte Ursula zu Lilli, „meine Sophie hat nichts, alles ist gut."

Lilli war verwirrt. Gerade eben noch war Sophie nicht ansprechbar am Boden und schon stand sie wieder neben ihr, als ob nichts geschehen wäre.

„Lilli, können wir gehen?", forderte Sophie ihre Freundin auf.

Lilli war sprachlos. So etwas hatte sie noch nie erlebt. Nachdenklich folgte sie Sophie in die Garage.

Ursula schüttelte den Kopf und ging wieder zurück ins Obergeschoss.

„Sophie?", fragte Lilli.

„Sophie, geht's dir wieder gut?"

„Ja, mir geht's gut.", antwortete die 14-Jährige und grinste etwas verschämt ihre Freundin an.

„Sophie, hast du das öfter schon gehabt?", hakte Lilli nochmals nach.

Sophie zögerte etwas und sagte: „Ja, früher. Aber meine Mama hat gesagt es ist nichts Schlimmes. Das haben andere Kinder auch wenn sie zu wenig essen."

Sophie nahm ihr Fahrrad und die beiden Mädchen machten sich auf den Weg an den Bodensee. Sie brausten los und hatten nach wenigen Minuten das Bodenseeufer in Fischbach erreicht. Am Fildenplatz in Fischbach, in der Nähe des Biergartens Stärr Georg, stellten sie ihre Räder ab und gingen ans Wasser.

Sie nahmen kleine, herumliegende Steine und warfen sie soweit sie konnten in den herrlich blau schimmernden Bodensee.

„Ich mache eine Wette; Du kommst nicht so weit wie ich!", forderte Sophie ihre Freundin auf und warf mit einem mächtigen Schwung einen Stein ins Wasser, zuckte darauf hin etwas zusammen und brach bewusstlos zusammen.

Lilli konnte gerade noch Sophie mit einer Hand an deren Schulter fassen und verhinderte damit, dass ihr Kopf auf den Boden schlug.

„Sophie, Sophie kannst du mich hören?", rief Lilli panisch.

Gäste aus dem Biergarten hatten die Situation beobachtet und kamen auf Lilli zu.

„Was ist los? Können wir helfen?", fragten sie besorgt.

„Schnell, einen Krankenwagen!", forderte Lilli die umherstehenden Menschen auf. „Holt einen Krankenwagen!"

Sophies Augen waren geschlossen, sie war bewusstlos.

„Lassen Sie mich mal ran.", schob sich eine ältere Frau dazwischen. „Ich bin Krankenschwester, wir müssen sie in die stabile Seitenlage bringen."

Fachmännisch wurde Sophie zur Seite gedreht und ihr Hals etwas nach hinten gestreckt, um die Atmung sicherzustellen.

Nach wenigen Minuten brauste ein Rettungswagen mit lauter Sirene heran.

„Bitte treten sie zur Seite.", forderten die zwei Rettungssanitäter die hilflos herumstehenden Menschen auf.

„Was ist passiert?", frage der Notarzt Lilli.

„Sie ist einfach zusammengebrochen.", antworte Lilli völlig aufgelöst.

Der Notarzt überprüfte die Augenreaktion, fühlte Sophies Puls und forderte seinen Assistenten auf:

„Hol die Trage, wir müssen sie mitnehmen. Der Puls ist sehr schwach."

Er zog mit der einen Hand eine kleine Sauerstoffflasche aus seinem Rettungskoffer und zog Sophie eine Atemmaske mit zugeführter Sauerstoffversorgung über. Dann legte er ihr ein Blutdruckmessgerät an den Arm an.

„Ok, schnell. Wir müssen schnell machen. Bring die Bahre her. Rief er seinem Assistenten zu."

„Sind sie ihre Freundin?", fragte der Arzt.

„Ja.", antwortete Lilli.

„Kommen Sie bitte mit uns, wir benötigen Ihre Personalien."

Sophie war immer noch bewusstlos und wurde in der Notaufnahme im Klinikum Friedrichshafen untersucht.

Lilli wartete vor der Untersuchungskabine und verständigte in der Zwischenzeit Frau Kortes.

„Frau Kortes, hier ist Lilli. Sophie ist zusammengebrochen, wir sind im Krankenhaus.", informierte Lilli.

„Was wollt ihr im Krankenhaus? Sophie hat doch nichts. Mein Kind ist gesund.", antwortete Ursula etwas gereizt.

„Frau Kortes, Sophie ist bewusstlos. Bitte, kommen Sie."

„Ich kann jetzt nicht. Ich bin gerade im Nagelstudio."

Mit einem Klack war das Gespräch unterbrochen. Sie hatte einfach aufgelegt.

Nach 40 Minuten kam Ursula schließlich doch in die Notaufnahme, in der sich ihre Tochter immer noch im Untersuchungsraum befand.

„Machen Sie auf, ich bin Frau Kortes. Meine Tochter ist da drin!", schimpfte sie aggressiv mit der diensthabenden Schwester an der Eingangstüre zur Notaufnahme.

„Wer sind Sie, und wer soll hier sein?", fragte die Schwester nochmals nach.

„Kortes, Ursula Kortes. Meine Tochter Sophie ist gerade eingeliefert worden. Machen Sie jetzt endlich die Tür auf!", wetterte Ursula.

Das Summen des Türöffners signalisierte Ursula, dass ihr Auftreten Erfolg gehabt hatte. Sie stieß die schwere schwarze Tür auf und ging schnellen Schrittes zu den

Untersuchungszimmern am Ende des Ganges, wo Lilli bereits wartete.

„Wo ist Sophie und was will sie hier?", schimpfte Ursula.
Lilli war überrascht von diesem forschen Auftreten und an Stelle einer Antwort starrte sie Ursula an. Im selben Moment öffnete sich die Tür zum Untersuchungszimmer und ein Arzt mittleren Alters in weißer Kittelschürze, mit kleiner dunkler Lesebrille auf der Nase kam heraus. Er schaute über die kleinen Brillengläser hinweg und fragte: „Frau Kortes?".
„Ja", antworteten Ursula und Lilli gleichzeitig.
Ursula stutzte und fügte hinzu: „Ich bin Frau Kortes, wie geht es meiner Tochter?".
Mit eindeutigem Handzeichen bat der Arzt Ursula in den Behandlungsraum einzutreten.
„Darf ich mit?", fragte Lilli. Ursula nickte.
„Frau Kortes, mein Name ist Dr. Frei. Ich habe gerade ihre Tochter untersucht.", informierte er. „Ihre Tochter ist immer noch bewusstlos."
„Ja und, wo ist sie und was ist mit ihr?", wollte Ursula wissen.
„Sie ist auf der Intensivstation.", war Dr. Frei´s Antwort.
„Was soll sie denn auf der Intensivstation?! Meine Tochter ist doch nicht krank!", wetterte Ursula los.

„Frau Kortes, wir haben eine stark vermehrte Bildung von Leukozyten, den weißen Blutkörperchen, festgestellt, was primär auf einen Entzündungsherd im Körper Ihrer Tochter Hinweise gibt. Wir haben aber auch einen Mangel an Erythrozyten, den Sauerstoff transportierenden Blutkörpern, und zusätzlich einen Mangel an Trombozyten, den butungsstillenden Blutplättchen, festgestellt.", informierte Dr. Frei weiter.

„Und was heißt das?", fragte Ursula ungeduldig nach.

Der Arzt schaute ihr in die Augen und antwortete:

„Wir müssen davon ausgehen, dass Ihre Tochter Hyperleukozytose, also Leukämie hat".


Ursula und Lilli stockte der Atem.

„Ok, dann geben Sie ihr etwas dagegen, damit wir jetzt wieder gehen können.", forderte Ursula Dr. Frei auf.

Er schaute etwas erstaunt zuerst zu Lilli und dann zu Ursula.

„Frau Kortes, ich denke Sie verkennen die Situation. Sollte die große Blutuntersuchung dieses Ergebnis bestätigen, muss höchstwahrscheinlich eine Chemotherapie angesetzt werden.", erklärte Dr. Frei.

Ursula starrte den Arzt entsetzt an.

„Haben Sie noch nie etwas Ungewöhnliches bei Ihrer Tochter bemerkt?", wollte der Arzt wissen.

Ursula hatte ein schlechtes Gewissen. Na klar, wusste sie, dass ihre Sophie irgendetwas hatte, aber das würde bestimmt gleich vorrübergehen.

„Frau Kortes, Ihre Tochter ist schwer krank. Sie hat Blutkrebs. Blutkrebs im fortgeschrittenen Stadium, so wie die erste Diagnose aussieht. Sie müssen mit dem Schlimmsten rechnen."

Ursula stand unter Schock.


Die diensthabende Schwester nahm sich Ursula an und führte sie und Lilli aus dem Behandlungszimmer.

Lilli blieb gefasst und rief Herbert Kortes im Geschäft an.

„Hallo, hier ist Lilli. Kann ich bitte Herrn Kortes sprechen?", fragte sie freundlich.

„Wer ist da?", wollte die freundliche Dame auf der anderen Seite der Leitung wissen.

„Lilli, ich bin Lilli und ich wohne bei den Kortes. Ich bin das Kindermädchen.", antwortete sie.

„Herr Kortes ist in einer Sitzung, was darf ich ausrichten?"

„Ich muss ihn jetzt sprechen, es ist dringend, es geht um seine Tochter Sophie.", fügte Lilli hinzu.

„Ich sagte doch, Herr Kortes ist in einer Sitzung. Ich kann ihn nicht stören, rufen Sie später nochmals an.", erklärte die Sekretärin.

„Nein, das geht nicht. Seine Frau und seine Tochter sind im Krankenhaus, bitte stellen sie mich zu ihm durch."

Nach kurzem Augenblick sagte die Sekretärin: „Na gut, ich glaube Ihnen, bitte bleiben sie dran".

Nach zirka einer Minute meldete sich die Stimme wieder: „Einen Augenblick, ich stelle Sie durch".

„Kortes", meldete sich Herbert mit genervter Stimme.

„Herr Kortes, hier ist Lilli."

„Lilli, was soll das?! Warum rufst du mich an?"

„Herr Kortes, Ihre Tochter Sophie ist im Krankenhaus."

„Meine Frau soll sich drum kümmern. Ich habe keine Zeit, ich bin mitten in einer wichtigen Besprechung."

„Herr Kortes, ihre Frau ist auch hier. Sie ist nicht ansprechbar.", ergänzte Lilli. „Sie steht unter Schock."

„Wie unter Schock? Warum denn? Was ist passiert?"

Lilli schilderte die Situation und den Vorfall.

„Ich kann aber jetzt nicht weg.", erklärte Herbert.

„Lilli, beantworte Du bitte den Ärzten alle Fragen nach besten Wissen und Gewissen. Ich komme, wenn ich Zeit habe."

Klack, das Gespräch war zu Ende.

Herbert ging zurück in sein Besprechungszimmer.

„Herr Kortes, was gibt es denn so Wichtiges, dass sie die erweiterte Vorstandsitzung verlassen müssen?", fragte Dr. Schön.

„Entschuldigung. Es war die Polizei. Nichts Besonderes, es muss sich um eine Verwechslung gehandelt haben. Jemand hat angeblich mein Auto angefahren.", log Herbert.

„Entschuldigen Sie, Herr Dr. Schön.", Herbert ließ sich nichts anmerken.

Gegen Abend stahl sich Herbert unter dem Vorwand aus dem Büro, er müsse bei Polizei vorsprechen, aufgrund des Autovorfalls. Er eilte nach Hause, wo er Ursula und Lilli antraf.

„Was ist denn los? Ihr könnt mich doch nicht einfach aus einer Sitzung rufen lassen! Was soll denn das?", wetterte Herbert, warf seine Jacke wütend ins Eck der Garderobe und ging schnellen Schrittes auf Ursula und Lilli zu, die sich auf dem Sofa niedergelassen hatten.

„Ursula, was ist denn?", forderte er seine Frau auf, ihm eine Erklärung zu geben.

Ursula hatte Beruhigungstabletten vom Arzt bekommen und Lilli hatte sie nach Hause begleitet. Ursula war immer noch benommen.

„Sophie", stammelte sie plötzlich los und schaute Herbert etwas benommen an. „ Sophie ist im Krankenhaus."

„Und was ist mit ihr?", wollte Herbert wissen.

Ursula und Lilli schauten in Herberts fragendes Gesicht ohne zu antworten.

„Was ist mit ihr?", hakte er ungeduldig nach.

„Und was ist mit Ursula?"

„Sophie hat Leukämie." antwortete Lilli.

„Und Ihre Frau hat Beruhigungstabletten bekommen.", ergänzte Lilli und strich mit ihrem Taschentuch eine Träne von ihrer Wange.

„Wie Leukämie?", fragte Herbert nach.

Ursula liefen nun auch Tränen über die Wange, Lilli tröstete sie, in dem sie ihre Hand festhielt und einen Arm um ihre Schulter legte.

Herbert setzte sich zu den beiden aufs Sofa.

„Und jetzt? Was machen wir?", fragte er Lilli.

„Man wartet die Ergebnisse vom großen Blutbild ab und dann wollen sie eine Chemotherapie beginnen.", antwortete Lilli.

Herbert lehnte sich weit zurück und atmete tief ein und aus.

„Das gibt's doch nicht. Was machen wir denn jetzt?", fragte er mehr sich selbst. Nach zehn minütigem Stillschweigen sagte Lilli: „Ich

kenne jemanden, der Sophie helfen kann".
Herbert schaute fragend zu ihr. Aber Lilli
antwortete nicht.

Am anderen Morgen hatte die Wirkung der
Beruhigungstabletten nachgelassen und
Ursula war wieder ansprechbar. Herbert ging
ins Geschäft und Lilli machte sich mit Frau
Kortes auf den Weg ins Krankenhaus.
Sophie war inzwischen aus der
Bewusstlosigkeit aufgewacht und von der
Intensivstation auf Normalstation verlegt
worden.
Sie schlief. Ihr Zustand war stabil.
Die Stationsschwester genehmigte den zwei
Frauen einen Kurzbesuch.
Ursula und Lilli traten leise ins abgedunkelte
Krankenzimmer ein. Sophie lag in einem
Einzelzimmer. Es war ein typisches
Krankenzimmer des Friedrichshafener
Klinikums. Mittelgroß, tapeziert und weiß
gestrichen. Ein beigefarbener Linoleumboden
war verlegt. Der typische Krankenhaus-Duft
lag in der Luft.
Ursula setzte sich vorsichtig zu Sophie ans
Bett. Ein leises, konstantes Piepen der
Herzfrequenzmessung war zu hören. Lilli
stand neben dem Bett.
„Mein Schatz, was machst du denn für
Sachen?", sagte Ursula und strich ihrer
Tochter vorsichtig über die Stirn.

Im selben Augenblick klingelte Ursulas Handy in der Handtasche. Eilig kramte sie nach diesem und nahm den Anruf entgegen.

„Gudrun? Ja, passt schon. Einen Moment.", Ursula ging zur Zimmertür und verschwand im Gang.

Lilli setzte sich zur ihrer Freundin auf die Bettkante.

„Sophie, ich bin es Lilli. Ich weiß, du kannst mich hören. Es wird alles gut, vertraue mir."

Lilli legte eine Hand vorsichtig auf Sophies Bauch und mit der anderen Hand nahm sie Sophies Hand. Sie spürte eine angenehme, leicht pulsierende Wärme und verblieb mehrere Minuten in dieser Position. Während dieser Berührung hatte Lilli das Gefühl ein kleines Lächeln auf Sophies Gesicht zu erhaschen.

Nach dem Telefonat mit ihrer Freundin, regelte Ursula alle organisatorischen Aufgaben im Krankenhaus.

Nach zwei Tagen wurde Sophie entlassen. Sie musste sich beim örtlichen Onkologen zur Chemotherapie einfinden.

Die Zeit der Schmerzen begann.

Ein offener, blutroter Hautausschlag zeichnete das Mädchen im Gesicht und am ganzen Körper. Heftiger Juckreiz setzte ein und ließ die Kleine in ihrem Körper leiden.

Entzündete Schleimhäute behinderten sie beim Essen. Nach der zweiten Chemo fielen Sophie die Haare aus. Sophie war von der Schule beurlaubt und Lilli pflegte sie zu Hause, während sie ihr Fernstudium absolvierte.

Herbert konnte und wollte sich nicht um seine Tochter kümmern, da er beruflich schließlich kurz vor der Vollendung seines Traumes stand.

Ursula wollte nicht ans Haus angebunden sein und war froh Lilli im Haus zu haben. Gudrun und Karin bräuchten sie schließlich auch. Lilli war Tag und Nacht für Sophie da.

„Lilli, schön, dass es dich gibt.", sagte Sophie.

„Ach Sophie, schön, dass es dich gibt. Wir schaffen das gemeinsam."

„Sophie, du versprichst mir eines: Du bemühst dich, schnell gesund zu werden und ich helfe dir dabei.", lächelte Lilli ihrer gezeichneten Freundin entgegen.

Lilli hatte ihren Arbeitstisch in Lillis Zimmer verlegt und bereitete sich fleißig auf die nahenden Klausuren in Englisch und Spanisch vor. Hin und wieder machte sie eine kleine Pause, setzte sich ans Klavier und sang ihr Lieblingslied von Sahra McLachlan – Angel. Sophie lag im Bett und genoss die angenehme Stimme und das Gefühl, welches Lilli bei diesem Lied ausstrahlte.

# Sophies Leiden

Über sechs Monate musste sich Sophie im zweiwöchigen Turnus dem städtischen Onkologen, Dr. Hauke, einer Koryphäe auf seinem Gebiet, zugezogen aus Berlin mit einer Menge Erfahrung aus der Berliner Charité, zur Untersuchung vorstellen.

Nach mehreren ambulanten Chemo-Behandlungen wurde schließlich die Therapie abgesetzt und Sophies Körper Zeit zur Regenerierung eingeräumt.

Es dauerte mehrere Wochen, bis es Sophie besser ging. Die Hautausschläge klangen etwas ab und die Schleimhautentzündung verschwand. Es schien, die Chemo zeigte ihre Wirkung. Ihre Haare wuchsen wieder nach und sie hatte bereits einen kleinen Flaum auf der Kopfhaut. Sophie hatte wieder Appetit vor allem auf Früchte und frischen Käse, welchen sie früher hasste.

Lilli war stets um Sophie besorgt und schenkte ihr eine ungewöhnliche Herzenswärme, die Sophie bereitwillig und in ganzen Zügen in sich aufnahm. Etwas Besonderes verband die Mädchen.

Während den schlimmen Tagen, Wochen und Monaten legte Lilli immer wieder ihre Hände auf den Unterbauch ihrer Freundin und hielt mit der anderen Hand die zarte Mädchenhand. Eine wundervolle, angenehme Wärme wanderte daraufhin durch Sophies Körper.

„Lilli, das tut wirklich gut! Hör bloß nicht auf.", spornte Sophie ihre Freundin an, niemals aufzuhören und genoss das Gefühl.

Heute stand wieder eine dieser Untersuchungen beim Onkologen an. Sie zog sich eine Baseball Mütze über und verdeckte mit einer großen Sonnenbrille ihr Gesicht, um die äußerlichen Zeichen ihrer Krankheit zu verbergen.

Sogleich wurde ihr eine kleine Blutprobe durch die Arzthelferin abgenommen. Diese wurde untersucht und der Tumormarker bestimmt, welcher ein Nachweis für die Stärke der Krebserkrankung darstellt.

Sophie musste danach im Wartezimmer auf das Ergebnis warten. Dort saßen die Krebspatienten der Region. Man sah jedem Einzelnen seine Krebserkrankung an.

Die meisten hatten angeschwollene Gesichter, Hautausschläge und Haarausfall. Auch die Fingernägel und die Zähne der Patienten waren dunkel verfärbt, als Reaktion der chemischen Einwirkung auf den Körper.

Jeder fand für sich eine mehr oder weniger geeignete Methode, die Zeichen der Krankheit zu verschleiern.

Immer wieder sah man dieselben Patienten im Wartezimmer. Man kannte sich schon vom Sehen und begrüßte sich freundlich.

Nach circa dreißig Minuten Wartezeit wurde Sophie hereingerufen. Lilli war selbstverständlich mit dabei.

Ursula Kortes hatte Lili ihren BMW zu Verfügung gestellt, um Lilli zu den Terminen zu begleiten. Sie nahm sich selten Zeit für die Pflege ihrer Tochter und bevorzugte es mit ihren Freundinnen Gudrun und Karin unterwegs zu sein. Lilli war für Sophie als Krankenpflegerin angestellt und bekam dafür nun auch mehr Gehalt.

„Fräulein Kortes, wie geht es Ihnen heute?", begrüßte Dr. Hauke seine, ihm bereits gut bekannte, Patientin.

„Gut geht's mir, danke.", strahlte Sophie.

Dr. Hauke schaute auf die ihm vorgelegten Befundwerte, runzelte die Stirn und griff zum Telefon.

„Frau Schmitz, kommen Sie bitte eben mal."

Sophie und Lili wunderten sich ein wenig über diese ungewohnte Reaktion.

Sie waren schon öfters hier gesessen und hatten auf den Befund gewartet.

Bisher hatte er nie eine seiner Helferinnen hereingerufen. Die Tür des Behandlungsraumes ging auf und die Frau kam herein.

„Frau Schmitz, das sind nicht die Unterlagen von Fräulein Kortes. Bitte bringen Sie mir die richtigen."

„Nein, das stimmt schon. Das sind die Unterlagen und die Untersuchungsergebnisse von Fräulein Kortes. Ich hab dies zwei Mal überprüft.", erwiderte Frau Schmitz.

Dr. Hauke stand auf und ging auf Sophie zu, schaute ihr in die Augen, schob leicht ihre Augenlieder auf und ab, überprüfte ihre Haut auf Entzündungen und bat sie den Mund zu öffnen. Mit einem kleinen Holzstäbchen schob er vorsichtig die Ober- und Unterlippe zur Seite und inspizierte sorgfältig die Zahnreihe und das Zahnfleisch. Er untersuchte auch die Fingernägel.

„Was ist los?", fragte Sophie erstaunt, über diese merkwürdige Untersuchung seitens Dr. Hauke.

Dr. Hauke ging zurück zu seinem Tisch, warf wiederholt einen Blick in die Unterlagen und sagte:

„Also ich mache den Job schon einige Jahre und habe viel Erfahrung vor allem im Bereich Leukämie gesammelt aber…"

Sophie wurde blass und fragte: „Aber…?".

Dr. Hauke schaute über seine Brille hinweg zu Sophie, seine blauen Augen leuchteten durch das einfallende Sonnenlicht etwas auf.

„Fräulein Kortes, nichts aber. Sie sind geheilt! Sie sind wieder absolut gesund. Das ist ein Wunder!!!"

Sophie brach in Freudentränen aus und warf sich dankend ihrem Arzt und Lilli um den Hals.

„So etwas habe ich noch nie erlebt, Fräulein Kortes. Man spricht zwar immer von Wunderheilung, aber heute ist hier und jetzt eine Wunderheilung geschehen.", ergänzte Dr. Hauke staunend und freute sich mit den Mädchen.

Sophie und Lilli eilten nach Hause um Ursula die wunderbare Neuigkeit zu erzählen. Zu Hause angekommen, öffnete sich das Garagentor auf Knopfdruck und die Mädchen hüpften aus dem Wagen und eilten ins Haus.

„Mama, Mama, bist du da?", rief Sophie, überschäumend vor Freude durch die Villa.

Niemand war zu Hause. Wie immer war niemand zu Hause.

Sophie war enttäuscht aber griff sofort zum Telefon. Sie wählte die Nummer ihres Vaters im Geschäft.

„Hallo, hier ist Sophie Kortes kann ich bitte meinen Vater sprechen."

„Hallo Sophie, dein Vater ist in einer Konferenz. Da kann ich jetzt nicht stören."

„Tut mir leid, Sophie. Ich habe Anweisung von deinem Vater, dass er von niemandem gestört werden will. Hörst du, von niemandem.", ergänzte die Sekretärin.

„Aber es ist wichtig, sehr wichtig!", beteuerte Sophie.

„Tut mir leid, er will nicht gestört werden. Ich richte ihm aus, dass du angerufen hast."

Das Gespräch war unterbrochen.

Sophie starrte fassungslos Lilli an.

„Was ist?", wollte Lilli erwartungsvoll wissen.

„Mein Vater will mich nicht sprechen. Er ist in einer Konferenz.", erklärte Sophie.

„Ach, Sophie. Komm, dein Vater ist immer sehr beschäftigt. Wenn er heute Abend nach Hause kommt, kannst du es ihm persönlich sagen."

Sophie war wieder einmal enttäuscht von ihren Eltern. Lilli war ihre Freundin und wusste, wie sie Sophie wieder aufmuntern konnte.

„Komm Lilli, ruf deine Mama auf dem Handy an. Die wird sich jetzt mit uns freuen!"

Daraufhin wählte Lilli die Handynummer und streckte Sophie das Telefon entgegen. Das Freizeichen war zu hören. Sophie nahm den Hörer und lauschte.

Nach mehreren Klingelzeichen startete der Anrufbeantworter. Sophie drückte die rote Taste und beendete somit den Anruf.

„Ich hab eine Idee!", sagte Lilli. „Komm!", und damit zog Lilli Sophie am Arm in Richtung Garage und zerrte Sophie in den BMW.

Sie startete den Motor, setzte mit dem Wagen zurück und brauste los. Sie wählte mit der kleinen Wipp-Taste am Lenkrad den Musiktitel „We are the Champions" von Queen aus und die mächtige Soundanlage des Wagens hämmerte los. Sie brausten durchs Hinterland, öffneten Fenster und Schiebedach des Autos und Lilli sang herzhaft laut mit.

Sophie beobachtete ihre Freundin und ließ sich bereits nach kurzer Zeit von der guten Laune mitreißen.

Die Mädchen sangen ihre Freude über dieses Wunder der Heilung laut heraus und sausten durch das wunderschöne Hinterland über Markdorf und das Deggenhausertal in Richtung Meersburg. Von dort ging es wieder zurück nach Friedrichshafen.

Passanten am Straßenrand wurden auf die laute Musik aufmerksam, schüttelten ihren Kopf und drückten dabei ihr Missfallen über das laute Getöse der Soundanlage aus. Lilli und Sophie kümmerten sich nicht um deren Meinung, sondern lachten und sangen lauthals weiter.

Nach einer Stunde waren sie wieder zu Hause.

„Mama, Mama…!", rief Sophie fröhlich durchs Haus. „Bist du da?"

Ursula lag mit einem Wärmekissen auf dem Sofa im Wohnzimmer und sah schlecht aus.

Sophie stürzte herein und überfiel ihre Mutter mit ihrer Freude.

„Mama, Mama, ich bin wieder gesund!", Sophie warf sich Ursula um den Hals.

„Vorsichtig, vorsichtig mein Bauch.", sagte ihre Mutter.

„Mama, ich bin wieder gesund!", strahlte Sophie.

Ursula stützte sich am Sofa ab und hob ihren Kopf an. „Wie, wer sagt das?", wollte sie wissen.

„Dr. Hauke, wir waren heute wieder bei Dr. Hauke und der sagt, es sei ein Wunder geschehen. Ich bin gesund!"

„Das ist schön, mein Schatz. Endlich bist du wieder eine von uns. Die Kortes sind doch nicht krank, wir sind alle ganz gesund.", antwortete sie mit schmerzverzerrtem Gesicht.

„Mama was ist denn los, geht's dir nicht gut?", wollte Sophie wissen. Lilli kam inzwischen auch ins Wohnzimmer und schaute, fassungslos über diese Reaktion zu Ursula und setzte sich neben die beiden.

Lilli hatte ein Gespür für Situationen. Sie spürte das Unwohlsein von Sophies Mutter.

148

„Es ist nichts, mein Schatz. Du weißt doch, ich hab immer wieder ein bisschen Bauchweh. Das geht auch wieder weg.", lächelte Ursula ihrer Tochter mit erzwungener Fröhlichkeit entgegen. Lillis und Ursulas Blicke trafen sich. Lilli sah in ihren Augen nichts Gutes und schwieg.

Sophie blieb an diesem Abend lang auf und wartete auf ihren Vater, welcher, wie so oft, spät nach Hause kam.

Herbert Kortes schloss die Tür der Villa auf und Sophie kam ihm jauchzend entgegen.

„Papa, Papa, ich bin wieder gesund!"

Sophie sprang ihrem Vater entgegen und drückte ihn ganz fest an sich.

Herbert stellte seine Aktentasche zu Seite, warf seinen Schlüssel auf die Kommode im Flur und drückte seine Tochter.

„Was sagst du? Du bist wieder gesund?", fragte ihr Vater verwundert.

„Ja, völlig gesund. Ich war bei Dr. Hauke und der sagt, es sei ein Wunder geschehen. Ich bin gesund!", erzählte Sophie aufgeregt.

„Mein Schatz, das freut mich. Ich hatte doch gar keine Zeit, mich um eine kranke Tochter zu kümmern. Schön, dass es dir wieder gut geht.", antwortete Herbert etwas gefühlskalt.

„Wo ist denn die Mama?", hakte er nach.

Sophie hatte eine andere Reaktion von ihrem Vater erwartet. Überschäumende Freude über ihre Genesung oder irgendwelche schönen, lieben Worte.

Sie war wieder enttäuscht. Herbert aber war abgekämpft vom Büro.

Herbert ging ins Wohnzimmer. Das Sofa war leer.

Ein kleiner Blutfleck war auf der beigefarbenen Decke zu sehen.

„Ist was passiert?", wollte Herbert wissen, als er diesen Fleck sah.

„Der Fleck ist von Mama. Die hat sich wahrscheinlich etwas aufgekratzt.", antwortete Sophie naiv.

Herbert wunderte sich nicht weiter über die Antwort, ging zur Terrassentüre und zog diese weit auf, um etwas frische Luft herein zu lassen.

„Wo ist Mama denn?", fragte Herbert abermals seine Tochter.

„Ihre Frau ist oben, sie ist schon im Bett. Ihr war es nicht gut.", gab Lilli anstelle von Sophie die Antwort.

Herbert nahm ein Cognac Glas, schenkte sich etwas von seinem Remy Martin ein und nahm genüsslich einen großen Schluck. Er blickte über die Terrasse hinweg auf den Bodensee und das gegenüberliegende, funkelnde Schweizer Ufer, atmete tief die frische Luft ein und sagte: „Schön, schön ist es hier. Wirklich schön."

Lilli und Sophie wunderten sich über diese seltsame Reaktion und gingen wortlos nach oben in ihre Zimmer.

In derselben Nacht weckte Ursula Kortes ihren Mann wegen heftigen Unterleibsschmerzen auf.

„Herbert, Herbert wach auf."

Herbert rieb sich die Augen und antwortete verschlafen: „Was ist los?"

Ursula hob ihre Hand, die sie eben noch unter der Bettdecke hatte nach oben ins schimmernde Licht der Nachtischlampe. Sie war rot, rotverschmiert von Blut.

Herbert war plötzlich völlig wach.

„Du blutest!" er setzte sich auf. „Wo blutest du denn? Das gibt's doch gar nicht!?"

Ursula saß in einer kleinen Blutpfütze. Das Blut kam aus ihrem Unterleib.

„Hast du deine Tage?", wollte Herbert verstört wissen.

Ursula schüttelte ihren Kopf und dreht sich vor Schmerz gekrümmt, jammernd zur Seite.

Herbert stand auf, nahm das Telefon und rief den Rettungsdienst.

Lilli und Sophie wurden durch die hektischen Schritte und das Gespräch wach. Beide streckten ihren Kopf durch die geöffnete Zimmertür zum Flur des Obergeschosses.

„Papa, was ist los?", rief Sophie ihrem Vater zu.

„Mama, geht's nicht gut. Sie muss ins Krankenhaus."

„Was ist denn?", wollte Sophie wissen, als sie ihre Mutter laut vor Schmerz jammern hörte.

Im selben Augenblick kam der Krankenwagen angefahren und verlieh der Villa durch seinen blaues Licht eine seltsame Atmosphäre.

Herbert wies den Sanitätern den Weg ins Schlafzimmer.

„Sie hat Blut verloren, viel Blut verloren...", stammelte Herbert völlig aufgelöst.

Die Sanitäter und der Notarzt sahen die Blutlache im Bett.

„Hier können wir nichts machen, wir müssen sie zur Untersuchung mitnehmen.", sagte der Notarzt und wies die Sanitäter an, die Trage zum Abtransport zu bringen.

Herbert zog sich schnell an und fuhr mit seiner Frau im Krankenwagen mit ins Krankenhaus.

# Die Diagnose

Nach längerer Untersuchung war die Diagnose eindeutig.

„Frau Kortes, wir haben an ihrer Gebärmutter ein Uteruskarzinom, einen bösartigen Tumor entdeckt. Dieser ist etwa faustgroß und sollte schnellstens entfernt werden.", erklärte der diensthabende Oberarzt der Gynäkologie.

Ursula war geschockt. Nun war nicht ihre Tochter, sondern sie selbst krank. Und sie hatte Krebs.

Herbert saß sprachlos neben Ursula und schaute den Oberarzt fassungslos an.

„Ok, dann entfernen Sie das Ding.", forderte Ursula den Oberarzt auf.

„Frau Kortes, ich muss Sie darauf hinweisen, dass dieses Uteruskarzinom höchstwahrscheinlich bösartig ist. Wir hoffen, dass die umliegenden Organe und die Lymphdrüsen noch nicht befallen sind. Zur Untersuchung bleiben Sie bitte die kommende Woche noch hier im Krankenhaus."

„Die ganze kommende Woche?", fragte Ursula genervt nach.

„Ich habe nächste Woche diverse Termine, die ich nicht einfach schieben kann. Ich sollte dringend zum Frisör, zur Maniküre und habe Termine mit meinem Fitnesstrainer. Bemühen Sie sich um einen schnellen Untersuchungsablauf!", forderte Ursula den Oberarzt auf.

Dieser schaute verständnislos zu Herbert, nahm seine Unterlagen und verabschiedete sich mit den Worten:

„Frau Kortes, Sie werden auf meine Station verlegt. Wir sehen uns morgen bei der Visite, gute Nacht."

Ursula schaute mit leidender Mine zu Herbert. „Was machen wir jetzt?", wollte sie von ihrem Mann wissen.

„Die werden dir das rausschneiden und dann ist doch alles wieder in Ordnung.", antworte er vollkommen überzeugt.

„Und wenn die anderen Organe betroffen sind?", fragte Ursula nun sichtlich verängstigt.

Herbert antwortete nicht. Er dachte stattdessen an seine Karriere: Ich kann und werde meine Karriere nicht unterbrechen.

Ursula schaute in Herberts Augen und konnte seine Gedanken erahnen. Sie schwieg.


Am anderen Tag wurde früh morgens Ursulas nächste Untersuchung im Klinikum Friedrichshafen durchgeführt. Am Spätnachmittag kam dann die Visite in ihr

154

Krankenzimmer auf der Privatstation. Der Gruppe von Medizinern und Krankenschwestern voraus, ging der Oberarzt von gestern Nacht.

„Guten Tag, Frau Kortes.", begrüßte er Ursula, die in ihrem Krankenbett lag.

„Frau Kortes, wir haben hier die Untersuchungsergebnisse.

Leider muss ich Sie darüber informieren, dass die entnommenen Gewebeproben auch von Krebs befallen sind. Wir müssen schnellstmöglich eine Chemotherapie beginnen."

Ursula sah Sophie in Gedanken vor sich, mit aufgequollenem Gesicht und Glatze. „Nein, eine Chemo kommt auf gar keinen Fall in Frage!", antworte Ursula bestimmt.

Der Oberarzt schaute mit sehr ernstem Gesicht zu Ursula. „Frau Kortes, Sie haben nur eine Chance; Das ist diese Chemotherapie, ansonsten kann man Ihnen aus medizinischer Sicht nicht mehr helfen."

Ursulas Puls schnellte in die Höhe. Sie war geschockt. Schockiert von dieser Todesdiagnose. Ursula brach in Tränen aus, eine Krankenschwester tröstete sie und die Visite verabschiedete sich.

Schließlich beugte sich Ursula der ärztlichen Empfehlung und begann wenige Tage später mit der Chemotherapie.

Sie litt unter denselben Beschwerden wie ihre Tochter damals. Ihr Körper und vor allem ihr Gesicht waren von der Krankheit gezeichnet. Ursula war nun so, wie Gott sie geschaffen hatte: ungeschminkt, unfrisiert, ohne künstliche Nägel. Ihr Alter war ihr anzusehen. Sie fiel in tiefe Depressionen.

Herbert hatte schon wieder ein Problem. Er hatte keine Zeit sich um seine Tochter, noch um seine kranke Frau zu kümmern. Er bat Karin und Gudrun, sich verstärkt um Ursula zu kümmern, die allerdings nur für Kurzzeitbesuche vorbeischauten.

Lilli kümmerte sich, wie schon immer um Sophie.
Sophie ging es von Tag zu Tag gesundheitlich besser. Sie war wieder gesund, die Ausschläge waren verschwunden. Die Haare trug sie nun zu einer sportlichen Kurzhaarfrisur und konnte sogar wieder Sport machen.
Eines Abends saßen Lilli und Sophie zum gemeinsamen Abendbrot in der Villa.
„Was ist?", fragte Lilli lächelnd und schaute Sophie fragend mit gerunzelter Stirn an.
Sophie antwortete nicht.
„Was ist denn? Habe ich einen roten Punkt auf der Nase oder was?", hakte sie nochmals nach.

„Du hast damit was zu tun.", sagte Sophie.

Lilli wunderte sich. „Mit was habe ich etwas zu tun?", wollte sie wissen.

„Mit mir", erwiderte Sophie.

„Jetzt sprich doch nicht in Rätseln. Was meinst du?"

„Du hast mich geheilt.", sagte Sophie.

Lilli legte ihr kleines Küchenmesser, mit welchem sie gerade eine Gurke schälte zur Seite und schaute wortlos zu Sophie. Sophie grinste.

„Ich weiß es, du hast mich geheilt. Ich weiß es ganz sicher", strahlte Sophie ihre Freundin liebevoll an.

Lilli legte ihren Zeigerfinger über ihre Lippen, um anzudeuten nicht weiterzusprechen und flüsterte Sophie zu: „Das ist unser Geheimnis". Lilli lächelte wissend und zwinkerte Sophie zu. Minutenlang schauten sich die Mädchen grinsend in die Augen.

„Hier, kannst du haben.", sagte Sophie und streifte ihre Dior Uhr vom Handgelenk und legte sie Lilli hin. Sie löste ihre kleinen goldenen Kreolen und legte sie dazu.

„Danke, nein. Ich möchte sie nicht haben, behalte du sie.", antwortete Lilli.

„Nein, ich will das nicht mehr haben. Ich will das alles nicht mehr haben.", ergänzte Sophie und forderte Lilli auf mitzukommen.

„Komm, komm, mit in mein Zimmer."

Sophie ging die Treppe hinauf in ihr Zimmer, Lilli folgte ihr.

Das junge Mädchen öffnete ihren begehbaren Kleiderschrank und trat ein. Sie nahm viele teure Kleidungsstücke vom Bügel und legte sie zu einem kleinen Häufchen auf den Boden.

„Was soll das?", wollte Lilli wissen.

Sophie war wild entschlossen ihren Kleiderschrank zu räumen.

„Hier, das kannst du alles haben. Das will ich nicht mehr. Nein, das brauche ich nicht mehr. Hier nimm!"

Sophie warf fast alle Kleidungsstücke zu Boden, wo inzwischen ein großer Haufen entstanden war.

„Ich will das nicht mehr, das teure Zeug. Nimm du es oder ich verteile es morgen in der Schule."

Lilli stand fassungslos neben Sophie und beobachtete sie, wie sie ihren gesamten Kleider- und Schuhvorrat aus ihrem Schrank schleuderte und riesigen Spaß dabei hatte.

„Das gefällt mir!", sagte Lilli und erfreute sich an diesem Anblick.

Am selben Abend wurde Sophies Mutter aus dem Krankenhaus entlassen und von Herbert nach Hause gebracht. Sichtlich geschwächt setzte sich Ursula aufs Sofa, hielt sich ihren immer noch schmerzenden Unterbauch und hörte die Mädchen im Obergeschoss lachen.

Aus Neugier raffte sie sich auf und ging nach oben.

„Hallo Mama, geht's dir wieder besser?", fragte Sophie besorgt.

„Was soll das? Was machst du denn da? Warum liegen die Klamotten auf dem Boden?", wollte Ursula von ihrer Tochter wissen und ignorierte Sophies Frage.

„Nichts. Ich räume nur ein bisschen auf.", gab Sophie zur Antwort.

„Sophie, die Sachen waren teuer. Bitte wirf sie nicht so achtlos auf den Boden.", forderte Ursula ihre Tochter auf.

Inzwischen kam auch Herbert nach oben.

„Wie sieht's denn hier aus?! Willst du die Sachen entsorgen?", fragte Herbert verwirrt.

„Diese Sachen brauche ich nicht mehr. Mir reichen meine Jeans, T-Shirts und die Kuschelpullis.", antwortet Sophie.

Herbert schaute zu Ursula.

„Sag doch etwas Herbert! Ich bin zu schwach, um mit deiner Tochter zu diskutieren.", sagte Ursula und verschwand in ihrem Schlafzimmer. Herbert wollte nicht mehr im gleichen Schlafzimmer wie Ursula schlafen, da sie unruhig schlief und nachts oft zur Toilette musste.

Herbert benötigte seinen Schlaf und schlief deshalb getrennt von Ursula im angrenzenden Gästezimmer.

„Sophie, hör bitte auf mit dem Quatsch und räum deine Sachen wieder in den Schrank. Mama hat momentan keine Kraft, sich um dich zu kümmern.", sagte Herbert und ging wieder hinunter ins Wohnzimmer.

„Nein, das mache ich nicht. Ich brauche diese Sachen nicht mehr. Die kann haben wer will, ich will sie nicht mehr!", wetterte Sophie sichtlich aufgebracht ihrem Vater hinterher. Herbert ließ sich nicht provozieren und ging einfach weiter die Treppe hinunter.

Am Abend klopfte Lilli an der Schlafzimmertür von Frau Kortes.

„Ja, herein.", rief Ursula. Sie lag bereits im Bett.

„Ach, du bist es Lilli?! Was ist los?"

Lilli setzte sich zu ihr ans Bett.

„Frau Kortes, ich weiß nicht, wie ich es sagen soll.", begann Lilli.

Ursula schaute fragend zu Lilli.

„Was willst du mir sagen?", hakte sie nach.

„Frau Kortes, ich kenne jemanden, der heilende Hände hat.", erklärte Lilli.

Ursula schaute immer noch mit hoch gezogenen Augenbrauen zu Lilli.

„Man muss zu ihm gehen und um Hilfe bitten.", ergänzte Lilli.

„Du meinst, ich soll zu ihm gehen?", fragte Ursula.

Lilli nickte verschüchtert.

„Lilli, was ist los? Du verheimlichst mir doch was?", hakte Ursula nach.

„Sie finden diese Person morgen Abend um 20 Uhr in der Neuen Kirche in Friedrichshafen-Fischbach. Gehen Sie zum Beichtstuhl, der Heiler wird auf Sie warten."

Ursula schaute Lilli tief in die Augen.

„Irgendetwas hast du, was mir Vertrauen schenkt.", sagte Ursula, „Ich weiß nicht, was es ist, aber da ist etwas."

Sie musterte Lilli aufmerksam. Lilli stand auf und verabschiedete sich mit einem kleinen Kopfnicken.


Am Abend des darauffolgenden Tages zog Ursula ihren Mantel über und machte sich auf den Weg zur Kirche. Ursula war jedes Mittel recht, um wieder gesund zu werden, was es auch immer kosten möge. Hauptsache es hilft und sie würde schnell wieder gesund werden. Bereits nach wenigen Minuten stand sie vor der Neuen Kirche. Der zugehörige Parkplatz war leer. Weit und breit war niemand zu sehen.

Ursula stieg aus ihrem Wagen, ging zur Haupteingangstür und stieß diese vorsichtig auf. Es war kalt. Sehr kalt.

Ihren Atem konnte sie als kleine weiße Luftströmung erkennen.

Auch die Kirche war leer. Ursula ging ein Stück weiter hinein, dann ein paar Schritte nach rechts zum Beichtstuhl. Sie spürte, dass jemand in ihrer Nähe war.

„Hallo, ist da jemand?", flüsterte sie leise.

Plötzlich hörte sie Musik; …ein Gesang: „…in the arms of an angel fly away from here..."

Verwundert folgte Ursula dem Gesang, der aber verstummte, als sie vor dem Beichtstuhl stehen blieb. Sie öffnete die Tür setzte sich hinein.

Eine Person war durch das kleine hölzerne Fensterchen zu erkennen.

„Sind sie der Heiler?", fragte Ursula sichtlich nervös nach.

Die Person nickte.

„Bitte, helfen Sie mir. Ich habe Krebs und ich möchte geheilt werden. Sagen Sie mir, was es kostet oder was ich tun soll. Bitte.", flehte Ursula die mysteriöse Person im dunklen gegenüber an.

Ursula erkannte durch das kleine Fenster, wie der Heiler etwas auf einen Zettel schrieb. Diesen rollte er zusammen und schob ihn durch das Gitterfensterchen zu Ursula. Sie nahm die Rolle entgegen und öffnete diese.

*„Sei ehrlich zu dir und deinen Mitmenschen. Sag deinem Mann, was du hinter seinem Rücken tust."*

Ursula war überrascht. Woher wusste dieser Heiler, was sie tat. Er war doch Heiler und nicht Hellseher. Ursula war verwirrt.

„Nein, das kann ich nicht." antwortete sie. „Ich möchte, dass du mich heilst. Um mein Leben kümmere ich mich selbst. Also, wie viel Geld willst du haben?", forderte Ursula den Heiler auf, seine Bedingungen zu nennen.

Der Heiler schrieb wieder einen kleinen Brief und führte ihn durch das Fensterchen.

*„Sei ehrlich. Dann helfe ich dir. Ohne Geld."*

„Nein. Hör auf, mir zu sagen, was ich tun soll oder nicht. Was denken denn die anderen von mir. Heile mich! Hörst du? Heile mich einfach.", war die gereizte Reaktion.

Ursula spickte etwas genauer durch das kleine Fensterchen im Beichtstuhl und bemerkte, dass der Heiler verschwunden war. Verwirrt über dieses Treffen, öffnete sie die Tür des Beichtstuhles, ging zum Hauptausgang der Kirche und schaute sich nach dem Heiler um.

„Hallo, wo sind Sie?" rief sie in die leere, kalte Kirche, als sie plötzlich wieder diesen wundersamen Gesang in ihren Ohren vernahm; „…in the arms of an angel fly away from here…"

„Hallo, wo sind Sie?", rief sie abermals. Der Heiler antworte nicht und dieser seltsame Gesang hörte nicht auf.

Ein kalter Schauer lief Ursula über den Rücken. Verängstigt eilte sie zum Auto und brauste völlig verwirrt nach Hause.

# Die Lüge

In den darauffolgenden Wochen befreite sich Sophie Stück für Stück von allen materiellen Dingen, die ihr Leben solange dominiert hatten.

Sie wollte nur noch Mensch sein. Sie wollte nicht ihr Leben mit Identifikationsobjekten wie Markenkleidung, Schmuck und teuren Dingen schmücken. Sophie war durch diese wundersame Heilung das Leben erneut geschenkt worden. Sie wollte nicht mehr in die Rolle zurückkehren, in der sie bereits 14 Jahre lang gefangen gewesen war.

Herbert konnte nichts gegen dieses seltsame Verhalten seiner Tochter tun, da er viele Stunden im Geschäft verbrachte und sich nicht um Sophie kümmern konnte. Ursula war mit ihrer Krankheit beschäftigt und durchforstete das Internet nach der heilenden Lösung, welche sie aber nirgendwo fand.

Bereits zwei Monate später war Ursulas Erkrankung soweit fortgeschritten, dass sie vor Schwäche nur noch unter größter Anstrengung alleine aus dem Bett kam. Die Chemotherapie schlug unerklärlicherweise nicht an, sie verursachte lediglich heftigste Nebenerscheinungen.

Die Ärzte waren ratlos. Auch die zur Unterstützung befragten, führenden Onkologen diverser Universitäten und Krebskliniken waren ratlos. Ursula wurden hochdosierte Schmerzmittel verabreicht, die ihre Krankheit erträglich machen sollten. Ihr Zustand verschlechterte sich trotzdessen rasant.

Inzwischen hatte Herbert eine Krankenpflegerin als Haushaltspflege eingestellt, die Ursula tagsüber betreute. Ursula verlor alle ihr so wichtigen, äußerlichen Werte. Ihre Haut war rissig und blass. Ihr Haar war vollständig ausgefallen, ihr Bauch etwas aufgedunsen und ihre Fingernägel sollten dringend wieder einmal einer Maniküre unterzogen werden. Lediglich ihre künstliche Brust und die aufgespritzten Botox Lippen waren noch immer in ansehnlicher Top-Form.

Eines Freitag abends war Ursula besonders geschwächt, weshalb die Haushaltspflegerin Lilli und Sophie bat, Herbert Kortes im Büro anzurufen und ihn zu bitten nach Hause zu kommen.

Es war bereits nach 20 Uhr, als Herbert Kortes tatsächlich persönlich das Telefon in seinem Büro abnahm:

„Kortes", meldete sich Herbert mit tiefer, bestimmter Stimme.

„Papa, hier ist Sophie."

„Hallo Sophie, was gibt es?" fragte Herbert.

„Mama, Mama geht es überhaupt nicht gut. Die Haushaltspflege sagt, Du sollst schnell nach Hause kommen."

Sophie war verwirrt. Sie hatte oft Ärger mit ihrer Mutter und war gar nie ihrer Meinung. Aber heute fühlte sie, dass es ihrer Mutter wirklich schlecht geht.

Sophie schaute zu Lilli.

„Kannst du ihr nicht helfen? Bitte."

Lilli bedachte Sophie mit einem warmen und mitfühlenden Blick. Sie schüttelte den Kopf.

„Und warum kannst du ihr nicht helfen?", wollte das junge Mädchen wissen.

Nach einer längeren Pause antwortete Lilli:

„Deine Mutter will sich nicht helfen lassen".

„Wie meinst du das, sie will nicht? Sie ist doch krank!" erwiderte Sophie erstaunt.

„Ja, genau deshalb." antwortete Lilli.

Sophie verstand die Antwort nicht.

„Du spricht in Rätseln. Ich verstehe dich nicht."

„Deine Mutter hat sich dazu entschieden, dass ich ihr nicht helfe."

Sophie wunderte sich wieder über die Aussage ihrer Freundin, fragte aber nicht weiter nach. Verstanden hatte sie diese Anspielung nicht. „Hatte sie denn meiner Mutter ihre Hilfe angeboten?", fragte sich Sophie in Gedanken.

Irgendetwas in Herberts Innerem veranlasste ihn auf sonderbare Weise sofort nach Hause zu gehen, um nach seiner Frau zu schauen. Irgendetwas stimmte nicht.

Herbert beendete seine Arbeit, fuhr sein Laptop herunter, knipste das Licht im Büro aus und beeilte sich schnellstmöglich nach Hause zu kommen.

In der Zwischenzeit hatte die streng katholische Haushaltspflege ihren Chef, den Ortspfarrer über den ernsten Gesundheitszustand von Frau Kortes informiert. Dieser war bereit, sofort nach der Kranken zu schauen, da er sich noch im Pfarrhaus derselben Gemeinde in der näheren Nachbarschaft aufhielt.

„Guten Abend, Frau Kortes. Ich bin Pfarrer Kraus.", begrüßte der Kirchenvertreter Ursula. Ursula war etwas überrascht über den Besuch.

„Ist es schon soweit?", fragte sie den Pfarrer.

„Wenn Gott dich ruft, ist es soweit. Ich bestimme das nicht, mein Kind.", antwortete Pfarrer Kraus.

Im selben Moment kam Herbert nach Hause. Er legte seinen Mantel ab und kam sofort ins

Obergeschoss, ins Schlafzimmer. Auch Sophie und Lilli hatten sich im Schlafzimmer eingefunden.

„Ach, Herr Pfarrer, Sie hier?", begrüßte Herbert völlig überrascht über diesen Besuch den Geistlichen, den er eigentlich nur von den selten besuchten Chorauftritten seiner Frau und aus der Zeitung kannte.

„Guten Abend, Herr Kortes."

Ursula war schwach. Sie war besonders schwach an diesem Abend.

„Mein Kind, willst du mir etwas sagen?", fragte Pfarrer Kraus Ursula und nahm ihre Hand.

„Nein, Herr Pfarrer. Ich will nichts sagen.", antwortete sie mit schwacher Stimme.

„Herbert, komm.", Ursula forderte ihren Mann auf, sich ans Krankenbett zu setzten. Sophie und Lilli rutschten etwas zur Seite.

„Liebst du mich?", fragte sie ihn und schaute tief in seine Augen.

„Schatz, du bist die einzige Frau in meinem Leben.", antwortete Herbert. „Ich liebe nur dich."

„Ich liebe dich auch.", flüsterte Ursula, lächelte etwas, schaute zu Sophie und schloss ihre Augen. Kurze Zeit später war sie schon wieder eingeschlafen.

Der erfahrene Pfarrer erkannte den Ernst der Situation. Er zog ein kleines Döschen aus seiner Hosentasche, öffnete es, tupfte den Zeigefinger in die darin befindliche Salbe und zog mit der aufgenommen Substanz symbolisch ein Kreuz auf Ursulas Stirn und sprach dabei folgendes Gebet: „Herr, nimm diesen Leib, den du ihr gegeben hast zu dir und begleite ihre Seele in dein Reich des Lichts. Vergib ihr und uns für unsere Sünden. Amen."

Sophie und Lilli brachen in Tränen aus. Die Haushaltspflege blickte besorgt zum Pfarrer, der ihren besorgten Blick mit einen leichten Nicken bestätigte.

„Herr Kortes, Sie müssen stark sein. Gott wird Ihnen diese Kraft geben. Guten Abend.", Pfarrer Krause, bekreuzigte sich und verließ das Haus mit leisen Schritten.

Herbert war wie versteinert. Er wusste nicht, wie er sich verhalten sollte. Er ging hinunter ins Wohnzimmer, öffnete die große Schiebetür der Terrasse und blickte starr in die Ferne. Sophie und Lilli blieben bis spät in die Nacht am Bett der tief schlafenden Mutter, bis die Haushaltspflege sie gegen Mitternacht mit den Worten „Mädchen, ihr könnt heute nichts mehr für sie tun. Gott allein wird sie begleiten.", zu Bett schickte.

In derselben Nacht versagte Ursulas Herz. Sie war tot.

# Die Beisetzung

Schockiert und betroffen über das viel zu frühe Ableben von Ursula Kortes, versammelten sich die Freundinnen Gudrun und Karin mit deren Ehemänner und alle Freunde aus dem riesigen Freundeskreis der Kortes auf dem Fischbacher Friedhof. Selbst Herberts Chef, Dr. Schön, war anwesend.

Nach einer gelungenen Trauerfeier und den einfühlsamen Reden von Freunden, versammelte sich die Trauergemeinde in der Fischbacher Traube, einem eleganten Restaurant neben dem Friedhof zum Leichenschmaus.

„Herr Kortes, es tut mir leid. Mein Beileid.", kondolierte Dr.Schön. „Wissen Sie, alles, was im Leben passiert, hat einen Grund. Vielleicht sollte es so sein, dass ihre Frau so früh verstirbt, damit Sie sich noch mehr um Ihre Karriere kümmern können." Herbert schaute in Dr. Schöns Augen und war sprachlos. Ihm fehlten die Worte. War es wirklich so, wie er sagte?

Sophie bettelte ihren Vater an, endlich mehr Zeit mit ihr zu verbringen und nicht nur fürs Geschäft zu leben.

Herbert aber war die ständige Bettelei und Nörgelei seiner Tochter satt. Übergangsweise sollte Sophie im Eliteinternat in Salem wohnen, da Herbert sich weiter für die Firma engagieren musste, und keine Zeit hatte, sich um Sophie zu kümmern.

Da das Internat nur übergangsweise vorgesehen war, willigte Sophie auch ein und betrachtete diesen Aufenthalt als kleinen Erholungsurlaub.

Lilli durfte als House-Sitter in der Villa wohnen bleiben. Das war Herberts kurzer und tatkräftiger Beschluss.

Gudrun und Karin kümmerten sich die ersten Wochen nach dem Ableben Ursulas noch etwas um Sophie und riefen hin und wieder in Salem an. Um Herbert kümmerte sich niemand, er war jetzt nur noch im Büro.

Eines Abends, als Herbert gerade nach Hause kam, läutete es an der Tür. Karin und Gudrun standen etwas angetrunken vor der Tür.

„Hallo, was für eine Überraschung!", begrüßte Herbert die zwei gut aussehenden Freundinnen. „Kommt herein!"

Sie nahmen Platz auf der Sitzgarnitur der prächtigen Terrasse, welche einen herrlichen Blick auf den Bodensee gewährte.

„Herbert, wie geht es dir?", wollte Karin wissen.

„Es ist schon schlimm, so früh und überraschend Witwer zu werden.", antwortete er. „Allerdings habe ich jetzt mehr Zeit für meinen Beruf.", ergänzte Herbert mit stolzer Brust.

In der Zwischenzeit ging Karin zur Hausbar und holte eine Champagnerflasche aus dem kleinen Kühlschrank.

Sie kannte sich gut aus bei den Kortes. Wie oft hatten sie ausgiebig hier gefeiert und es war ihr auch erlaubt, sich selbst zu bedienen.

„Komm, trink mal etwas mit uns. Das hilft die Verspannungen zu lösen!", forderte sie Herbert auf.

Karin kicherte beschwipst und hielt drei edle Swarovski Gläser unter die beim Öffnen überschäumende Champagnerflasche.

„Auf Ursula!", forderte Karin auf, die Gläser zu erheben und sie tranken den Champagner so gierig, als sei es Wasser. Karin und Gudrun setzten sich neben Herbert und legten ihre Arme um ihn.

Ihre Blicke trafen sich.

„Du tust uns echt leid.", brachte die angetrunkene Gudrun hervor.

„Ja, du tust uns echt leid.", stimmte Karin ihrer Freundin zu.

„Können wir irgendetwas für dich tun?", lockten sie Herbert aus der Reserve.

„Freunde, ich weiß nicht, wie ihr das meint, aber ich denke…"

„Nichts sollst du denken.", unterbrach Karin ihn. „Du sollst es einfach geschehen lassen, sonst nichts...."

Karin legte zärtlich ihren Kopf auf Herberts Schulter und Gudrun begann vorsichtig seinen Hals zu küssen.

Es kam, wie es kommen musste und Herbert genoss sichtlich die Berührungen der gutaussehenden Freundinnen. Herbert wurde animiert, immer noch mehr zu trinken und sich einfach gehen zu lassen. Er wehrte sich nicht und das Trio fiel in hemmungslose Ektase.

Am anderen Morgen wachten die drei völlig nackt im Ehebett auf.

„Ich hab verschlafen, ich muss dringend ins Geschäft!", stresste Herbert plötzlich die entspannte Situation. Er sprang aus dem Bett und ging unter die Dusche.

Gudrun hob ihren, vom übermäßigen Alkoholgenuss noch schweren, Kopf und schaute zu Karin. Diese konnte kaum aus ihren Augen schauen, da die Sonne zu ihnen ins Bett schien. Die Frauen lachten. Karin meinte verschlafen: „Das war eine echt geile Nummer".

Warum Ursula ihren Freundinnen nie von ihrem Herbert und seinen Sexkünsten berichtete, würde wohl für immer ihr Geheimnis bleiben. Merkwürdig war es dennoch.

„Guten Morgen, Herr Kortes. Sie kommen heute aber spät ins Büro.", empfing ihn seine Sekretärin. „Herr Steinbeck hat schon zweimal angerufen."

„Der Steinbeck... was gibt's denn so dringendes?"

„Ich weiß es nicht.", antwortete die Sekretärin. „Aber er hätte gerne noch heute einen Termin bei Ihnen. Und Dr. Schön wartet auf die versprochene Marktanalyse."

„Dr. Schön?"

Ja, Herbert hatte Dr. Schön vergessen. Wie konnte das nur geschehen.

Eigentlich wollte er gestern Abend die Ausarbeitung zu Hause fertigstellen. Er hatte es einfach vergessen. Er war zum ersten Mal seit Jahren abgelenkt gewesen. Es war eine angenehme Ablenkung gewesen. Herbert dachte in einem Geistesblitz an den gestrigen Abend und lächelte überzeugt von sich und seiner Manneskraft. Er fühlte weder Trauer um seine Ursula, noch fehlte ihm die Nähe zu Sophie.

In größter Eile war die ausstehende Marktanalyse erstellt und Dr. Schön vorgelegt.

„Herr Kortes, ich musste wegen Ihnen warten.", begrüßte Dr. Schön seinen Mitarbeiter.

„Es tut mir leid, Herr Dr. Schön. Ich ging davon aus, dass Sie die Unterlagen bis heute Mittag benötigen. Ich hatte gestern Abend noch einen Kundentermin, der etwas länger dauerte", versuchte sich Kortes zu rechtfertigen.

Dr. Schön schaute auf, schüttelte seinen Kopf und ergänzte: „Kortes, strengen Sie sich an. Sie sind kurz vor Ihrem Ziel".

Herbert war erleichtert. Seine Karriere hatte keinen Knick. Dr. Schön hatte ihm seine Lüge abgekauft.


Am Nachmittag hatte Herberts Sekretärin einen Termin für Herrn Steinbeck reserviert.

„Guten Tag, Herr Kortes. Danke für Ihre Zeit.", grüßte Steinbeck seinen Chef.

„Hallo, Steinbeck. Was gibt's?", begrüßte Kortes ihn zurückhaltend und wies ihn wiederwillig an, Platz zu nehmen.

„Herr Kortes, ich weiß nicht, wie ich es sagen soll...", begann Steinbeck.

Kortes zog seine Stirn in Falten schaute fragend zu Steinbeck und ergänzte: „Steinbeck, Sie sind Manager. Sie haben zu wissen, was Sie zu sagen haben."

Steinbeck schwieg und starrte Herbert ins Gesicht.

Nach ein paar Sekunden des Schweigens fragte Kortes nach: „Steinbeck, alles klar bei Ihnen?"

„Herr Kortes, ich....:", stammelte Steinbeck.

„Was ist los, Steinbeck?! Sprechen Sie oder gehen Sie. Sie vergeuden meine Zeit!", wetterte Kortes los.

„Ich, ich.....ich kann nicht mehr.", stammelte Steinbeck.

Kortes sah erstaunt zu Steinbeck: „Was können Sie nicht mehr?"

„Ich kann nicht mehr. Ich bin völlig ausgepowert und kann nicht mehr richtig schlafen."

„Und deshalb kommen Sie zu mir?", fiel Kortes dazwischen.

„Gehen Sie zum Arzt und lassen Sie sich untersuchen und vergeuden Sie nicht meine Zeit!", fügte Kortes verärgert hinzu.

„Herr Kortes, ich nehme seit zwei Jahren Tabletten, die mich zu Höchstleistungen auffahren lassen. Ich trinke seit einem Jahr mehr Alkohol als ich sollte. Meine Freundin hat mir den Laufpass gegeben und ist mit meinem besten Freund durchgebrannt. Mein Arzt sagt, meine Leber- und Nierenwerte sind schlecht. Einen Freundeskreis habe ich auch nicht mehr, da ich nie Zeit habe."

„Steinfeld, ich bin nicht Ihr Psychologe oder Sozialbetreuer. Wenn Sie Probleme haben, lösen Sie diese und jammern Sie nicht herum!", attackierte Kortes. „Wir sind dafür da, Probleme zu lösen und nicht Probleme zu kreieren, verstehen Sie mich?!", ergänzte Kortes mit ärgerlicher Stimme.

„Steinbeck, es gibt nur eines im Leben: Karriere.

Karriere und Macht über alles. Geld ist dazu eine angenehme Nebenerscheinung, aber Macht und Einfluss über andere, das ist, was wir alle wollen und wofür wir leben.", fügte Kortes hinzu.

„Nein.", antwortete Steinbeck.

„Wie nein?", stutzte Kortes.

„Nein, ich will nicht mehr. Ich kann nicht mehr. Es gibt wichtigeres im Leben als nur Macht und Karriere.", sagte Steinbeck.

Kortes schaute völlig verständnislos zu Steinbeck. Dieser Mann musste unter Drogen stehen oder unter starken Nebenwirkungen seiner Medikation leiden, dachte er sich. „Was heißt, es gibt wichtigeres im Leben?", Kortes verstand die Argumentation seines Mitarbeiters nicht und setzte nach. „Alles, wirklich alles habe ich in der Vergangenheit fürs Geschäft getan. Auch ich habe Abstriche machen müssen. Selbst nach dem Tod meiner Frau gebe ich alles. Es gibt nur dieses eine Leben und das muss man für seine Karriere eben mal opfern. Wenn man dieses Ziel aufgibt, gibt man sich selbst auf und man ist verloren. Verloren in der Arbeiterklasse ohne Einfluss, ohne Macht und ohne finanzielle Mittel."

Kortes starrte Steinbeck verständnislos und bedrohlich an.

„Herr Kortes, ich kündige.", brach Steinbeck die Stille und überreichte Kortes seine schriftliche Kündigung. Er stand auf und hinterließ seinen völlig verständnislosen Chef.

Gudrun und Karin genossen noch den Vormittag in Herberts Villa und wurden plötzlich von Lilli aufgeschreckt.

„Was machst du denn hier?", wollte Karin wissen, als Lilli plötzlich in der Küche stand, in der Karin und Gudrun sich gemütlich zum späten Frühstück zusammengesetzt hatten.

Auch Lilli war überrascht, dass die Frauen noch da waren. Natürlich hatte sie am Abend die Besucherinnen gehört, deren lustvolles Stöhnen die Türen im Haus bis zu der Einliegerwohnung im Souterrain durchdrungen hatte, wo Lilli wohnte.

„Ich schaue hier nach dem Rechten, seit Frau Kortes Tod.", antwortete Lilli.

Gudrun und Karin schauten sich fragend an. Hatte Herbert etwas mit der Babysitterin? Gedanken schossen ihnen durch den Kopf.

„Und wie kommst du hier herein?", wollte Karin wissen.

„Ich wohne unten in der Einliegerwohnung.", antwortete Lilli.

Gudrun und Karin schauten sie an. Hatte sie von gestern Abend etwas mitbekommen?

„Wir sind nun fertig mit dem Frühstück. Danke, dass du die Küche aufräumst. Wir müssen jetzt gehen.", unterbrach Gudrun die unangenehme Situation.

Lilli hielt ihren Kommentar zurück und begann das Frühstück abzuräumen.

„Glaubst du, das Flittchen hat was mitbekommen?", flüsterte Gudrun Karin auf dem Weg zum Hausflur zu. Karin schüttelte nur den Kopf, schnappte sich ihre Jacke und die Handtasche und die Freundinnen verließen wortlos die Villa.

Am darauffolgenden Abend kam Eberhard wie immer spät nach Hause. Das Bereichsleitermeeting der Bodensee Sparkasse wurde grundsätzlich gegen 18 Uhr begonnen, um ein offenes Ende der Besprechung zu gewährleisten. So konnten Themen ohne den Zeitdruck von weiteren Meetings diskutiert und beschlossenen werden.

„Wo warst du gestern Abend?", begrüßte Eberhard etwas misstrauisch seine Frau Gudrun. „Ich wusste gar nicht, dass du über Nacht weg bleibst?"

„Ja, das hat sich kurzfristig ergeben. Ich war bei Karin, wir haben uns lange noch über Ursula unterhalten. Wir tranken etwas zu viel, da habe ich beschlossen bei Karin zu bleiben.", log Gudrun ihren Ehemann an.

Eberhard wunderte sich über diese Erklärung. „Und warum hast du nicht angerufen?", fragte er nach.

„Habe ich doch, aber bei dir im Büro ist niemand mehr ans Telefon gegangen.", antwortete Gudrun etwas flapsig und spielte desinteressiert an ihrer Dior Armbanduhr.

Eberhard schaute seine Frau an.

„Was ist los?", fragte Gudrun gereizt als sie seinen Blick bemerkte.

Die Ehe war schon lange nicht mehr die Ehe, die sie einmal gewesen war. Lieblosigkeit und Gleichgültigkeit hatten sich unbemerkt eingeschlichen. Gudrun lebte zwar mit Eberhard zusammen, aber Gemeinsamkeiten hatten sie schon lange keine mehr.

„Wo warst du gestern Abend?", fragte Eberhard nochmals nach.

„Was soll das?!", konterte Gudrun. „Bin ich jetzt bei der Polizei im Kreuzverhör, oder was?"

Gudrun ging in die Küche nahm sich ein Stück Karotte aus dem Kühlschrank und biss kräftig davon ab. Sie spürte Eberhards Blicke. Ja, sie hatte gelogen. Es war so. Aber was soll´s. Sie war niemanden Rechenschaft schuldig, dachte sie sich.

„Ich hab gestern Abend bei Karin angerufen.", antwortete Eberhard.

Gudrun lief es eiskalt den Rücken herunter. Seit wann spionierte er mir hinterher, fragte sie sich.

„Und?", antwortete sie.

„Was heißt und? Ich habe mir Sorgen gemacht!", rechtfertigte sich Eberhard.

„Wir haben nichts gehört", wetterte Gudrun gleich los, „wahrscheinlich war die Musik zu laut".

Eberhard war klar, hier stimmte etwas nicht. Wo war seine Gudrun in der Nacht gewesen? Klar, hatte er sich schon immer etwas Gedanken gemacht. Sie hatten sich ein wenig entfremdet, aber nach einer gewissen Anzahl von Jahren ist das ebenso in der Ehe, dachte er sich.

„Ich habe heute früh mit Manfred gesprochen.", ergänzte Eberhard.

Nun drehte sich Gudrun wieder zu ihrem Mann um.

„Was hast du?", fragte sie aggressiv. „Du spionierst mir nach?!"

„Gudrun, ich denke, wir sollten reden!", forderte Eberhard seine Frau auf.

„Reden, immer nur reden. Ja, das kannst du. Das findest du toll. Analysen machen, erörtern, Lösungen suchen. Ja, da bist du Spezialist.", donnerte sie los, ging mit schnellen Schritten ins Obergeschoss ihres Hauses und knallte die Tür der Ankleide hinter sich zu. Sie nahm ihr Handy aus ihrer Tasche und wählte Karins Nummer.

„Karin, wir haben ein Problem!"

## Die Recherche

Am darauffolgenden Tag trafen sich Eberhard und Manfred zum Mittagessen im Beach Club Friedrichshafen. Ein Platz, den es zu genießen galt.

Erste Seereihe, mit ungehindertem Blick auf den schneebedeckten Säntis und die Schweizer Alpenkette. Hier gab es kleine leckere Snacks für ein leichtes Mittagessen.

„Herbert, ich denke, unsere Frauen führen uns an der Nase herum.", begann Eberhard das Gespräch.

„Wie meinst du das?" fragte Manfred naiv nach.

„Hat Karin dir nichts erzählt?", hinterfragte er.

„Ja, sie hat erzählt, dass du irgendwelche Recherchen unternommen hast. Aber ich weiß nicht genau um was es geht.", erklärte Manfred.

„Hast du nicht bemerkt, dass Karin gestern Abend nicht zu Hause war?", hakte Eberhard nach.

„Äh, nein. Ich hatte Nachtdienst.", antwortete Manfred. „Es gab einen schweren Unfall auf der B31 und wir haben die ganze Nacht Notoperationen durchgeführt."

Die Männer schauten sich an.

„Hast du keine weiteren Fragen?", bohrte Eberhard nach.

„Wie soll ich das verstehen, welche Fragen meinst du?"

„Manfred, es scheint so, dass unsere Frauen uns etwas verheimlichen!", stellte Eberhard in den Raum.

Manfred blickte zweideutig zu Eberhard und begann zu erklären: „Weißt du, Karin und ich, wir haben vor 15 Jahren unüberlegt schnell geheiratet und haben bald bemerkt, dass wir eigentlich nicht für einander geschaffen sind."

Eberhard schaute etwas überrascht.

„Ja, wir haben überstürzt geheiratet und haben erst später herausgefunden, dass wir unterschiedliche, wie soll ich sagen, Geschmacksrichtungen haben.", ergänzte Manfred.

Eberhard zog seine Stirn in Falten und drehte den Kopf leicht zur Seite.

„Ja, es sind Geschmacksrichtungen, die nicht jedermann hat.", erklärte Manfred weiter.

Eberhard wusste nicht worauf er hinaus wollte.

„Eberhard, ich sag dir wie es ist: Ich bin schwul!"

Eberhard riss seine Augen weit auf. Tausende von Gedanken schossen durch seinen Kopf.

„Ja, aber dann...", sagte Eberhard, wurde aber sofort von Manfred unterbrochen.

„Genau, ich habe keinen Sex mehr mit Karin. Ich habe seit Jahren einen festen Partner, er ist auch Mediziner. Was Karin macht, woher sie ihren hormonellen Ausgleich holt, ist mir eigentlich egal. Wir sind eben nur gute Freunde, sprechen über alles und sind verheiratet."

Eberhard wusste nicht mehr, was er sagen sollte.

Sicherlich las man oft in der Presse vom sogenannten „coming out", aber über so etwas innerhalb seines Bekanntenkreises hatte er nie nachgedacht.

„Was willst du nun machen?", holte Manfred seinen sichtlich geschockten Freund aus den Gedanken.

„Ich will das nicht. Wenn sich meine Frau mit einem anderen Mann vergnügt, bin ich nicht einverstanden!", wetterte Eberhard los.

„Das sind doch nur Vermutungen.", versuchte Manfred ihn zu beruhigen. „Hast du denn Beweise?"

„Was heißt denn Beweise? Meine Frau kommt nachts nicht nach Hause. Lügt mich an und sagt, sie sei bei einer Freundin und deren

Mann ist auch noch schw...", Eberhard stoppte seine erregte Ausführung.

„Tut mir leid", ergänzte er.

„Schon gut, ich kann damit umgehen. Ich bin schwul. Denk mal darüber nach, was passieren würde, wenn meine Kollegen im Krankenhaus davon wüssten. Die meisten Menschen würden sich nicht von einem schwulen Oberarzt behandeln lassen. Wenn das rauskommt, ist meine Karriere für den Chefarztposten vorbei."

Eberhard dachte nach. Er biss kräftig in sein Pizzabrot und schaute auf den wunderschönen Bodensee hinaus.

„Ihr seid gute Freunde und sprecht über alles?", fragte Eberhard nach.

„Ja, und wir sind verheiratet.", ergänzte Manfred.

„Weißt du, wo meine Frau war?", wollte Eberhard wissen.

„Ja.", antwortete er.

„Wo war sie in der Nacht?"

Manfred überlegte, ob er seinen Freund mit der Wahrheit konfrontieren sollte und ließ sich mit seiner Entscheidung Zeit.

„Manfred, wo war meine Frau?", drängte Eberhard angespannt.

„Sie war mit Karin bei Herbert!"

„Sie war bei Herbert. Mit Karin. Ich verstehe nicht ganz...", bat Eberhard seinen Freund zur Aufklärung.

„Sie waren bei Herbert und wollten ihn ein wenig trösten. Dort haben sie angeblich etwas zu viel getrunken und haben sich zu dritt vergnügt.", erklärte Manfred nüchtern.

„Zu dritt…mit Herbert.", Eberhard war fassungslos. Sein Freund Herbert ging mit seiner Frau ins Bett.

Er lehnte sich völlig kraftlos in seinen Armsessel zurück und schüttelte dabei den Kopf. „Und ich Trottel reiß mir beide Beine für meine Karriere heraus und werde von meiner Frau und meinem Freund hintergangen.", versank Eberhard in Selbstmitleid.

„Eberhard", setzte Manfred an, „sieh es mal so, hätte ich dir nicht gesagt, was läuft, wärst du nie dahinter gekommen. Überleg doch lieber mal, wie du die Sache mit deiner Frau wieder hinbekommst."

„Wieder hinbekommst, ich glaub jetzt reicht's! Die Schlampe soll mich kennenlernen!", wetterte Eberhard völlig außer sich los.

Er stand wutschnaubend auf und wollte gehen. Manfred hielt ihn am Arm fest.

„Eberhard, geh nicht. Setz dich wieder, bitte." Eberhards Puls war auf über 180, es brodelte in ihm. Sein Hals und Kopf pochten heftig. Er war tief getroffen und enttäuscht. Die umliegenden Besucher des Beach Cafe schauten etwas amüsiert über die Erregung zum Tisch herüber, ließen aber bald die Blicke wieder uninteressiert abschweifen.

Eberhard setzte sich.

„Eberhard, ich hab dir die Wahrheit gesagt. Das bleibt aber unter uns, verstehst du?"

Eberhard schaute seinem Freund tief in die Augen und nickte.


Eine Woche später wurde Herberts finanzielle Lage der letzten zehn Jahre von einem befreundeten Finanzamt Mitarbeiter zufällig überprüft. Eberhards alter Schulfreund war ihm noch einen Gefallen schuldig.

Er war Steuerfahnder und hatte aufgrund seines Amtes Einsicht in sämtliche Unterlagen von Herbert Kortes. Es war offiziell lediglich eine Stichprobenkontrolle.

Es vergingen wenige Tage, bis Eberhard bereits erste brisante Informationen über Herberts finanzielle Lage erhielt. Herbert hatte nebenberuflich ein kleines Unternehmen gegründet, welches als Limousinen-Service GmbH verschiedene hochwertige PKWs für besondere Anlässe vermietete. Diese Firma war eine Scheinfirma mit Sitz in Konstanz, lediglich ein Postfach konnte dieser Firma zugeordnet werden.

Des Weiteren hatte Herbert eine Im- und Export Firma KH International GmbH gegründet, die Limousinen, vor allem auf dem holländischen Markt, günstig einkaufte und in anderen europäischen Ländern mit fingierten

Rechnungen weit unter dem Marktpreis verkauft. Es tauchten außerdem verschiedene Konten auf, die Herbert Kortes gehörten, die ungereimte Zahlungen aufwiesen. Herbert Kortes hatte nachweislich Millionenbeträge von verschiedenen Banken zu geringen Zinssätzen aufgenommen und legte dieses billige Geld gewinnbringend vor allem an der – Royal Bank of Scotland- an.

Der jährliche, sechsstellige Ertrag wurde nie dem Finanzamt übermittelt. Das Geld verschwand auf geheimen Schweizer Konten in der Nachbarstadt Kreuzlingen.

„Tja, mein Freund Herbert. Es scheint so, dass deine Weste gar nicht so weiß ist, wie ich dachte.", flüsterte Eberhard als er die Aufstellung per Email von seinem Freund erhielt.

„Du wirst mich noch kennenlernen, Kortes!"

Am Tag darauf verabredete sich Eberhard mit Herbert zum Mittagessen im Zeppelinhangar, einem hochpreisigen, eleganten Restaurant in der Nähe des Friedrichshafener Flughafen. Hier trafen sich gern Führungskräfte der ansässigen Firmen zum Mittagessen, um nicht am selben Tisch mit normalen Angestellten oder Arbeitern speisen zu müssen. Die Kantine der Firma war ihnen zu schäbig.

„Eberhard, schön, dich zu sehen.", begrüßte Herbert seinen Freund überschwänglich.

„Hallo, Herbert. Schön, finde ich auch.", erwiderte Herbert etwas geringschätzig.

„Komm, lass uns etwas abseits sitzen. Da haben wir mehr Ruhe.", forderte Herbert seinen Freund auf, ging schnellen Schrittes durch den Raum und begrüßte mit einem übertrieben freundlichem Kopfnicken die ebenfalls anwesenden Kollegen aus dem erweiterten Vorstand. Herbert pflegte dadurch sein Karrierenetz, welches unabdingbar war, um ganz vorn in der Karriere mitzumischen.

„Geht's dir gut?", fragte Herbert oberflächlich seinen Freund. Eberhard antwortete nicht.

Herbert war damit beschäftigt sehr aufmerksam seine Kollegen aus dem erweiterten Vorstandskreis zu beobachten und neu hinzukommende, wichtige und für die Karriere dienliche Kollegen freudig mit Kopfnicken und einer freundschaftlichen, kleinen Handbewegung zu begrüßen. Essen war Nebensache.

„Geht's dir gut?", fragte Herbert nochmals und nahm eine kleine Gabel des Curryreises zu sich. Seine Augen waren nie auf Eberhard gerichtet, sie waren stets auf der unruhigen Suche nach Managern, die nicht übersehen werden durften.

„Herbert, hast du mir was zu sagen?", fragte Eberhard.

Herberts Augen fixierten Eberhard für den Bruchteil einer Sekunde.

„Nein, alles klar.", antwortete er abwesend.

Herbert erhob sich kurz vom Stuhl und winkte dem Vorstandsvorsitzenden, der gerade in die Gaststätte kam überschwänglich freundlich zu. Dieser nickte freundlich zurück, so dass sich Herbert wieder setzen konnte.

„Herbert, warum schläfst du mit meiner Frau?!", rief Eberhard laut seinem Gegenüber entgegen.

Herbert zuckte zusammen. Die Kollegen der umliegenden Tische schauten zu ihnen. Jeder hatte die Frage gehört.

Herbert wurde aggressiv.

„Mein Freund, wenn du mir hier eine Szene machen willst, reiße ich dich in Stücke. Ich warne dich!", flüsterte er ihm mit zusammengekniffenen Augen entgegen.

Seine Augen waren plötzlich auf Eberhard fixiert und blitzen eiskalt. Es war der Blick eines Raubtieres, das jeden Moment zum Angriff bereit war.

„Ich habe nichts gemacht. Deine Frau und Karin haben angefangen.", flüsterte Herbert.

„Wir können gerne darüber reden, aber nicht hier!"

Eberhard stand auf. Schaute seinem Freund in die Augen und sagte laut: „Du Schwein."

Wieder schauten die Kollegen vom Nebentisch wissbegierig und erstaunt herüber. Eberhard verließ fluchtartig das Restaurant und ließ seinen ehemaligen Freund sitzen.

„Hallo, Herr Dr. Schön. Sie kommen auch zum Essen? Hier ist noch Platz, bitteschön.", zwang Herbert förmlich seinen zufällig hereinkommenden Chef bei ihm am Tisch Platz zu nehmen.
„Ja, der gute alte Eberhard hat Probleme mit seiner Frau und will mir nun sein Herz ausschütten. Der Arme. Ich werde mich wohl etwas um ihn kümmern müssen, heute Abend.", erklärte Herbert lautstark unüberhörbar und schob das stehengelassene Tablett zur Seite und lachte überlegen.
Nach dem Mittagessen rief Herbert völlig verärgert über Eberhard sofort seinen Jugendsegelfreund, heutiger Vorstand der Bodenseesparkasse Konstanz, Peter Schmid an.
„Grüß dich Peter, schon lange nichts mehr von dir gehört.", begann Herbert das Gespräch.
„Hallo Herbert, das tut mir Leid mit deiner Frau. Ich hab es erst Tage hinterher erfahren, ich war auf Geschäftsreise. Mein Beileid.", antwortete Peter.

„Oh, danke. Ja, es war schlimm. Aber sie war unheilbar krank und es war für alle besser so.", erklärte Herbert.

„Hat sich dein Sohn gut eingearbeitet?", fragte Herbert nach.

„Ja, ihm gefällt seine neue Stelle als Vertriebsleiter bei euch ganz gut. Vielen Dank nochmals für deine Vermittlung."

„Nicht der Rede wert, ist doch gerne geschehen. Bist du eigentlich noch mit der kleinen Blonden zusammen, wie heißt sie noch? Jacky?", wollte Herbert wissen.

„Ja klar, sag aber nur nichts meiner Frau. Sie würde das nie verstehen."

Nach kurzem Smalltalk bat Herbert um Hilfe.

„Peter, könntest du mir einen kleinen Gefallen tun? Ich hab da jemanden im Bekanntenkreis, der es Wert wäre, befördert zu werden."

„Um wen geht es?", fragte Peter zurück.

„Es geht um einen Bereichsleiter der Sparkasse Bodensee in Friedrichshafen, Herr Eberhard Klein. Der ist fachlich super, hat beste Referenzen und will weiter auf der Karriereleiter. Er ist bereit zu allem."

„Ja, ich werde mal recherchieren wen wir wo einsetzen können. Ich kann dir nächste Woche Weiteres sagen. Wir werden nämlich in dieser Woche unsere alljährliche, strategische Personalplanung machen.", erklärte Peter wohlwollend.

„Peter, das wäre super! Ich würde mich, wie immer, auch erkenntlich zeigen.", ergänzte Herbert.

Das Telefonat war bald beendet, da beide Manager zu Sitzungen geladen waren.

## Sophie zu Besuch

Herbert war von sich, von seinem Leben und von seiner Karriere überzeugt. Nein, er war besessen von seiner Karriere. Er machte alles richtig und befand sich auf dem Weg zum Vorstand. Über die kleinen Steine, die ihm in den Weg gelegt wurden, wie Eberhard, konnte er nur überlegen lächeln. Herbert hatte immer eine Lösung. Für jedes Problem.

Am kommenden Wochenende kam Sophie von ihrem Internat zum Wochenendbesuch nach Hause.

Lilli und Herbert holten das Mädchen gemeinsam mit dem Auto ab. Vor dem Internat Salem parkierten sie ihr Auto und wollten gerade zum Eingangsbereich gehen, als ihnen Sophie schon entgegen lief und rief: „Lilli, hallo Lilli!!!".

Sophie sprang ihrer Freundin voller Freude entgegen und drückte sie freundschaftlich an sich.

„Ich hab dich so sehr vermisst", fügte sie hinzu.

„Ich hab dich auch vermisst, Sophie.", antwortete Lilli und wischte sich eine kleine Freudenträne aus den Augen.

„Und deinen Papa, willst du den auch begrüßen?", forderte Herbert seine Tochter auf.

„Hallo Papa", sagte Sophie, drückte ihren Vater etwas, blieb aber auf spürbarer Distanz. Sophie schnappte sich Lillis Hand und zog sie zum Auto.

„Komm, lass uns gehen!", forderte sie ihre Freundin auf.

„Ich will erst dein Zimmer im Internat sehen.", lachte Lilli.

„Nein, da gibt's nichts zu sehen. Das ist langweilig und nur ein Zimmer. Komm ich möchte nach Hause!", quengelte Sophie und zog weiter an Lillis Hand.

„Na gut, wenn sie nicht will, fahren wir eben nach Hause.", mischte sich Herbert ein.

Er hatte noch Aufgaben vom Büro mitgenommen, die er am Wochenende bearbeiten wollte. Sie stiegen in sein Auto und brausten davon.

„Erzähl, wie gefällt es dir im Internat?", fragte Lilli interessiert nach und strahlte ihre Freundin an.

„Ja, wie gefällt es dir?", fügte Herbert hinzu.

„Blöd, es ist einfach blöd dort. Ich will da nicht mehr hin!", erklärte Sophie zu Überraschung der anderen.

„Was heißt blöd? Das ist doch das teuerste Internat in der Gegend! Andere wären froh, wenn sie dort hingehen dürften.", erwiderte Herbert.

„Mir sind die anderen egal. Ich will da nicht mehr hin!", widerholte Sophie mürrisch.

„Schatz, du musst dich erst einmal eingewöhnen. Am Anfang gefällt es niemandem, aber je länger du dort bist, desto schöner wird es sein, glaub mir.", versuchte Herbert Sophie umzustimmen.

„Ärgern dich die anderen?", wollte Lilli wissen.

„Nein, aber die sind alle schon miteinander befreundet und keiner redet mit mir.", brachte Sophie traurig hervor.

„Gib ihnen etwas Zeit.", versuchte Lilli ihrer Freundin Trost zu spenden. „Die müssen sich auch erst an dich gewöhnen."

„Nein, ich will da nicht mehr hin!", wiederholte Sophie verärgert.

„Sophie, seit deine Mutter tot ist, ist zu Hause niemand, der sich um dich kümmern kann und auf dich aufpasst!", erklärte ihr Vater.

„Doch, Lilli!", war die spontane Antwort von Sophie.

„Lilli hat doch auch keine Zeit. Sie studiert und muss die ganze Zeit lernen.", fügte Herbert hinzu.

„Trotzdem, ich will da nicht mehr hin! Die sind alle blöd!", erwiderte Sophie und begann zu weinen. Lilli tröstete sie und legte den Arm um ihre Freundin.

„Papa, bitte. Ich will da nicht mehr hin, bitte!", schluchzte Sophie.

Herbert zögerte mit seiner Antwort.

„Sophie, ich stehe kurz vor der Vollendung meines beruflichen Ziels. Ich will Vorstand werden! Das gebe ich bestimmt nicht kurz vorher auf. Niemals!!! Deine Mutter hätte das auch so gewollt!", erklärte Herbert überzeugt und ohne Mitgefühl.

„Papa, bitte.", winselte Sophie abermals.

„Nein, nein, nein. Du gehst wieder ins Internat und Schluss jetzt!", wetterte Herbert los.

Sophie und Lilli zuckten zusammen. Nur das Winseln von Sophie war noch zu hören. Lilli spürte die Besessenheit Herberts unbedingt Vorstand werden zu wollen.

Lilli und Sophie verbrachten ein wunderschönes Wochenende und hatten Spaß miteinander.

Sie fuhren mit dem Fahrrad zum See und genossen die Stunden am Fischbacher

Bodenseeufer. Der kleine Segelhafen und der angrenzende Biergarten mit Limonade und leckerem Eis waren ihr vertrautes Zuhause.

Herbert hingegen zog sich zurück in sein Arbeitszimmer in der Villa zurück und arbeitete.

Das Telefon klingelte.

„Kortes", meldete sich Herbert mit bestimmtem Ton.

„Herbert, hier ist Manfred. Manfred Schwal."

„Hallo Manfred, wie geht's dir?", war die oberflächliche Frage Herberts.

„Tja, nicht so gut.", antwortete Manfred.

„Warum, was fehlt dir?", wollte Herbert wissen.

„Ich bin krank.", erklärte Manfred.

„Du und krank? Wie geht denn das?", wunderte sich Herbert und fügte hinzu: „Du bist doch Arzt."

„Herbert, deine Frau war doch bei einem Wunderheiler. Wo kann ich den erreichen?", wollte Manfred wissen.

„Ach, so schlimm ist's schon?", machte sich Herbert über Manfred lustig.

„Was hast du denn?", hakte Herbert nach.

Manfred antwortete nicht.

„Manfred, bist du noch dran?", wollte Herbert wissen.

„Ich habe AIDS.", war die überraschende Antwort.

Herbert legte seinen Kugelschreiber zur Seite und widmete nun endlich seine volle Aufmerksamkeit dem Gespräch.

„Seit wann weißt du es?", fragte Herbert nach.

„Seit ungefähr drei Monaten. Mein Freund ist auch infiziert", ergänzte Manfred.

Selber schuld, Schwule müssen eben damit rechnen, dass sie sich infizieren, dachte sich Herbert schadenfroh, sprach es aber nicht aus.

„Und warum willst du jetzt zum Wunderheiler? Der konnte Ursula doch auch nicht helfen.", fragte Herbert taktlos.

„Doch, das hätte er können!", widersprach Manfred. „Sie hätte nur seine Bedingungen einhalten müssen, welche sie aber abgelehnte."

„Was redest du da?! Welche Bedingungen?"

„Karin hat mir davon erzählt. Ursula hatte Karin um Rat gefragt. Und Karin und ich haben keine Geheimnisse voreinander. Das habe ich dir doch gesagt.", antwortete Manfred.

Herbert verstand nichts und wollte sich auch nicht weiter mit irgendwelchem esoterischen Kram beschäftigen.

„Warte mal, ich schau mal bei Ursulas Unterlagen nach. Sie hat die Nummer vom Wunderheiler bestimmt irgendwo aufgeschrieben."

Die Telefonnummer des Heilers war nicht in Ursulas Smartphone gespeichert.

„Warte mal, vielleicht weiß Lilli seine Telefonnummer. Ich werde sie fragen und mich bei dir melden."

Bereits einen Tag später hatte Lilli einen Termin für Manfred mit dem Heiler vereinbaren können. Treffpunkt war wie bei Ursula die Neue Fischbacher Kirche gegen 20 Uhr im Beichtstuhl.

Manfred war bereits gezeichnet. Er hatte blasse Haut und tiefe Augenränder. Das Weiß seiner Augen war rötlich gefärbt. Manfred schwitzte.

Der Parkplatz vor der Kirche war leer. Weit und breit war niemand zu sehen. Manfred stieg aus seinem Wagen, ging zur Haupteingangstür der Kirche und stieß diese vorsichtig auf. Es war kalt. Eisig kalt.

Seinen Atem konnte er als kleine, weiße Luftströmung erkennen.

Auch die Kirche war leer. Manfred ging ein Stück weiter hinein, dann ein paar Schritte nach rechts zum Beichtstuhl. Er spürte, dass jemand in seiner Nähe war.

„Hallo, ist da jemand?", flüsterte er leise.

Plötzlich hörte er Musik; ...ein Gesang: „in the arms of an angel fly away from here..."

Es war dieselbe Situation wie Ursula sie damals erlebt hatte.

Manfred folgte dem Gesang, der aber sofort verstummte, als er vor dem Beichtstuhl stehen blieb. Er öffnete die Tür und setzte sich hinein. Eine Person war durch das kleine hölzerne Fensterchen zu erkennen.

„Sind Sie der Heiler?", fragte Manfred beeindruckt und unsicher nach.

Die Person nickte.

„Bitte helfen Sie mir. Ich habe AIDS und ich möchte geheilt werden. Sagen Sie mir, was es kostet oder was ich tun soll. Bitte!", flehte Manfred die mysteriöse Person im dunklen gegenüber an.

Manfred erkannte durch das kleine Fenster, wie der Heiler etwas auf einen Zettel schrieb. Diesen rollte er zusammen und schob ihn durch das Gitterfensterchen zu Manfred. Manfred nahm die Rolle entgegen und öffnete sie.

*„Sei ehrlich zu dir und deinen Mitmenschen."*

Manfred war überrascht.

„Ich bin ehrlich zu mir und meinen Mitmenschen.", antwortete Manfred überrascht von dieser Bedingung. Manfred war verwirrt.

Wieder schob der Heiler einen kleinen Zettel durch das Fenster. Manfred nahm ihn entgegen und rollte ihn auf.

*„Du lügst schon wieder. Sag jedem, dass du schwul bist und sei ehrlich zu dir selbst."*

Manfreds Puls schoss auf 180. Woher wusste dieser Heiler, dass er schwul war?

„Was soll ich sein, schwul?", lachte Manfred lauthals und aggressiv los. „Wie kommst du auf so eine Idee?!", duzte er nun den Heiler.

*„Hör auf zu lügen und sei ehrlich zu dir und deinen Mitmenschen, dann helfe ich dir."*, forderte der Heiler ihn durch einen weiteren Zettel auf.

Manfred war unsicher. Woher wusste dieser Heiler von seinen Neigungen? Er war doch scheinbar Heiler und nicht Hellseher.

„Nein, das kann ich nicht!", antwortete er. „Ich möchte, dass du mich heilst. Um mein Leben kümmere ich mich selbst. Also, wie viel Geld willst du haben?", forderte Manfred den Heiler auf, seine Bedingung zu nennen.

Der Heiler schrieb wieder einen kleinen Brief und führte ihn durchs Fensterchen.

*„Sei ehrlich, dann helfe ich dir. Ohne Geld."*

„Nein, hör auf mir zu sagen, was ich tun soll oder nicht. Was denken denn die anderen von mir. Ich sehe mich schon in der Klinik: An meiner Türe schreiben sie nicht mehr Dr. Manfred Schwal sondern Dr. Manfred Schwul!!! Ein schwuler Arzt wird niemals Chefarzt. Heile mich! Hörst du, heile mich einfach!"

Manfred spickte etwas genauer durch das kleine Fensterchen im Beichtstuhl und bemerkte, dass der Heiler verschwunden war.

Er riss die Beichtstuhltür auf und rannte voller Aggression zur Ausgangstür. Hier stieß er unsanft mit dem Pfarrer zusammen, der durch das laute Gespräch auf Personen in seiner Kirche aufmerksam gemacht worden war und nach dem Rechten schauen wollte.

„Aus dem Weg!", brüllte Manfred voller Rage und stieß den Pfarrer grob zur Seite. Dieser stolperte und fiel der Länge nach auf die hölzerne Kirchenbank, stieß unsanft seinen Kopf und purzelte zu Boden. Regungslos blieb er liegen. Blut kam aus einer hässlichen Wunde.

Manfred war außer sich. Wo war dieser Heiler nur? Er riss die massive Hauptausgangstür auf und hielt Ausschau nach ihm.

Plötzlich hörte er wieder diesen wundersamen Gesang; „…in the arms of an angel fly away from here…".

Er konnte ihn nicht mehr sehen. „Wo bist du???", brüllte Manfred in die stille Nacht. Der Heiler war verschwunden. Den unaufhörlichen Gesang hörte er noch von weitem. Verwirrt eilte er zum Auto, schaute sich nochmals um, stieg ein und brauste nach Hause.

Den Pfarrer hatte er vergessen. Die Wut auf den Heiler hatte sein Gehirn getrübt.

# Die Erfüllung

Herbert hatte am Wochenende heftige Diskussionen mit Sophie. Sie weigerte sich mit allen, ihr zu Verfügung stehenden Mitteln, ins Internat zurückzugehen.

Schließlich aber unterlag sie ihrem herzlosen Vater und hatte sich seinem Willen zu beugen. Und Lilli fuhr Sophie unter Tränen am Sonntagabend zurück in ihr ungeliebtes Internat.

Zuvor drohte Sophie ihrem Vater, noch: „Wenn du mich ins Internat abschiebst, will ich nie mehr etwas mit dir zu tun haben, hörst du!" Herbert war in dieser Hinsicht eiskalt.

„Sophie, es geht hier um meine Karriere. Mein Ziel, mein Leben, für das ich jahrelang gekämpft habe und auf eigene Interessen komplett verzichten musste. Mama hätte das auch so gewollt.", erklärte Herbert erzürnt, doch Sophie weinte bittere Tränen und konnte ihrem Vater nicht mehr zuhören.

Sie war zutiefst enttäuscht von ihm.

„Für dich gibt es nur noch die Karriere und nichts anderes mehr!", wetterte Sophie plötzlich ihrem Vater entgegen. Herbert sagte nichts mehr. Er war persönlich getroffen, aber Karriere war eben Karriere. Da konnte man nichts ändern, dachte er sich heimlich und schwieg.

Am Montag früh wurde Herbert durch die Vorstandssekretärin von Dr. Schön zur erweiterten Vorstandsitzung eingeladen.
Mit den Worten: „Guten Morgen, meine Herren. Wir haben wenig Zeit, lassen Sie uns direkt beginnen.", eröffnete der Vorstandvorsitzende seine Rede. Herbert schaute gespannt in die Runde.
„Dr. Schön, unser langverdienter Vorstand für Finanzen, hat uns letzte Woche darüber informiert, dass er sich in den Ruhestand verabschieden möchte."
Herbert wurde blass. War es nun soweit? Ging Dr. Schön endlich in Rente, dachte er sich. Sein Blick schweifte durch die Runde. Dr. Schön grinste.
„Das Ergebnis unserer Abstimmung zur Nachfolgeregelung von letzter Woche hat ein einstimmiges Ergebnis eingebracht." Die Blicke richteten sich auf Herbert.
Herberts Puls schoss in die Höhe.
„Herr Kortes", sprach der Vorstandvorsitzende Herbert direkt an. Kortes sprang von seinem Stuhl auf. „Wollen Sie Vorstand für Finanzen in unserer Firma sein?"
Herbert war sprachlos. Sein Herz pochte, seine Hände zitterten und etwas Schweiß sammelte sich auf seiner Stirn.

Da wurde er einfach so, aus heiterem Himmel gefragt, ob er Vorstand sein wollte.

„Ja,….ja, sehr gerne.", brachte er schließlich heraus.

„Gut", bestätigte der Vorsitzende. „Gratuliere, herzlich Willkommen im Vorstand!", fügte er hinzu und streckte Herbert seine Hand entgegen. Herbert drückte kräftig zu. „Danke, vielen Dank!"

Die Kollegen des Vorstandes applaudierten. Herbert war außer sich vor Freude. Endlich, endlich ging sein Traum in Erfüllung. Dr. Schön stand auf und ging auf Herbert zu, streckte ihm auch seine Hand entgegen.

„Kortes, gratuliere! Strengen Sie sich an, der Job ist nicht so leicht, wie sie vielleicht glauben. Sie haben aber das Zeug dafür!"

Herbert war am Ziel seiner Träume angekommen.

Er hatte sein Lebensziel erreicht. Nun war er Herr und Herrscher über tausende von Mitarbeitern auf der ganzen Welt.

Er war einer von wenigen Kollegen, die es geschafft hatten. Er war Vorstand, und somit ein besserer Mensch als all die anderen.

Lilli machte sich währenddessen große Sorgen um Sophie und schmiedete Pläne, wie sie ihrer Freundin nur helfen konnte wieder nach Hause zu kommen. Sie setzte sich aufs Rad und fuhr am Bodenseeuferweg entlang in die Stadt nach Friedrichshafen. Lilli versuchte sich durch Schaufensterbummel in der Kleinstadt etwas abzulenken, um vielleicht eine zündende Idee für Sophies Rettung zu bekommen.

Als sie gerade aus dem H&M hinaus schlenderte, traute sie ihren Augen nicht.

„Papa, bist du es?", sprach Lilli einen Mann Mitte Fünfzig völlig überrascht an. Er war braungebrannt, trug langes, nach hinten gekämmtes, graues Haar, eine elegante Sonnenbrille und hatte tiefe Kerben im Gesicht.

Eigentlich kannte Lilli ihren Vater ja nicht. Ihre Mutter hielt aber ein Foto von ihm versteckt in ihrer privaten Schublade, welches Lilli vor Jahren abfotografiert hatte und heimlich immer in ihrem Geldbeutel bei sich trug. Immerhin war dieser Mann auf dem Foto ihr Vater. Wie sehnlich hatte sie sich gewünscht, ihren Vater irgendwann einmal wieder zusehen.

Der Mann blieb stehen und sah Lilli in die Augen. Er hatte dieselbe seltene Augenfarbe wie Lilli; auffällig blaue Augen mit einem dezenten grünen Schimmer. Er starrte Lilli an und lächelte plötzlich,

„Lilli, meine Lilli. Bist du es?"

Unter Tränen warf sich Lilli um den Hals des Mannes.

„Lilli, bist du es wirklich?", wollte der Mann nochmals wissen. Es gab keinen Zweifel, das war Lillis Vater.

Lilli war außer sich vor Freude. Obwohl sie ihren Vater nie richtig kennengelernt hatte und er die Familie viel zu früh verlassen hatte, fühlte sie sich zu ihm hingezogen. Es war der tiefe, innere Wunsch, ausgelöst durch das tägliche, heimliche Betrachten des Fotos, ihn irgendwann einmal in die Arme zu schließen, welcher sich heute erfüllte.

„Papa!", jauchzte Lilli. Freudentränen liefen beiden über die Wangen.

„Schön, dich wieder zu sehen, meine Kleine.", ergänzte er und drückte seine gutaussehende, inzwischen zur Frau heran gewachsene Tochter.

„Du siehst ja toll aus! Wie deine Mutter.", fügte er hinzu, stockte plötzlich und ließ Lilli wieder los.

Lilli schien auch etwas perplex zu sein und schaute peinlich weg.

„Wie geht es deiner Mutter?", wollte er besorgt wissen.

„Mama hab ich schon lange nicht mehr gesehen. Ich wohne nicht mehr zu Hause. Ich bin vor über zwei Jahren ausgezogen."

Ihr Vater schaute etwas überrascht. Er hatte die Zeit vergessen. Lilli war kein Kind mehr, sie war 23 Jahre alt und eine erwachsene Frau.

„Lass uns doch in ein Café gehen, dann können wir reden. Hast du Zeit?", wollte Lillis Vater wissen.

„Ja, ich habe Zeit. Komm wir gehen ins Café Venezia, das ist hier gleich um die Ecke. Was machst du denn in Friedrichshafen? Bist du im Urlaub?"

„Urlaub ist gut. Nein, ich bin nicht im Urlaub. Meine Ehe mit Hu-Li ist gescheitert. Wir hatten eine tolle Zeit. Allerdings hat sie mich finanziell gesehen Schritt für Schritt raffiniert ausgebeutet und nun bin ich pleite. Sie hat unser Geld an ihre thailändische Familie verschenkt. Mein Haus ist weg, mein Auto auch und sie hatte ein Verhältnis mit unserem jungen Gärtner. Ich bin mittellos. Jetzt bin ich wieder in Friedrichshafen und auf der Suche nach Arbeit.", erklärte Lillis Vater.

„Das tut mir leid."

„Das muss es nicht. Ich hatte eine wirklich tolle Zeit in Thailand. Ich hatte verschiedene Bars und Diskotheken in Phuket, die sehr gut liefen, vor allem Ausländern waren gern zu Besuch. Sie hatten auch das Geld locker in der Tasche sitzen."

Lilli und ihr Vater saßen noch lange zusammen und hatten sich viel zu erzählen. Die Zeit verging wie im Flug.

„Es ist schon 19 Uhr ich muss nach Hause zum Lernen, ich habe bald Klausuren.", beendete Lilli den netten ereignisreichen Mittag.

„Lilli, lass mich dich nach Hause bringen. Ich habe für heute noch einen Mietwagen. Wo wohnst du?", bat ihr Vater sie.

Sie gingen zum Parkhaus am See, wo Lillis Vater den Wagen abgestellt hatte. Sie luden Lillis Fahrrad in den Kofferraum und fuhren nach Friedrichshafen West, zu Lillis Apartment in Kortes Villa.

Nach zehn minütiger Fahrzeit dirigierte Lilli ihren Vater zur Villa.

„Hier, hier wohne ich.", sagte Lilli und zeigte mit dem Finger auf das riesige, schmiedeeiserne Tor am unteren Eingang der Villa. Sie drückte den Knopf der Fernbedienung, welche sie aus ihrer Tasche kramte und das Tor öffnete sich langsam.

„Los, fahr zu!", forderte sie ihren Vater lächelnd auf.

Hier wohnst du? Das ist doch eine teure Villa! Gehört die dir?", fragte ihr Vater überrascht.

Lilli lächelte. „Nein, ich bin hier Hausmädchen neben meinem Studium und dafür darf ich kostenlos in der Einliegerwohnung wohnen.", antwortete sie freundlich.

„Da hast du aber Glück! Das ist ja eine prächtige Hütte, nicht schlecht.", staunte Lillis Vater und stieg aus dem Wagen. Er ging zum Kofferraum und lud Lillis Rad aus. Die Garage der Villa war nicht verschlossen. Lillis Vater warf einen unauffälligen Blick hinein.

„Nicht schlecht, da ist Geld vergraben.", staunte er, als er begeistert die Sammlung der noblen Edelkarossen anstarrte.

Das brachte Lilli zum Lächeln und sie forderte ihn auf: „Los, komm doch mit rein, dann kannst du mein Apartment auch noch bestaunen."

Lilli konnte sich glücklich schätzen, dass sie in dieser eleganten Wohnung gratis wohnen durfte. Inzwischen hatte sie sich an den Luxus gewöhnt. Sie litt durch die fehlende Anwesenheit von Sophie und hatte schon daran gedacht, in eine Wohngemeinschaft zu ziehen, aber sie hatte als Studentin keine finanzielle Mittel dazu.

Lilli erzählte von ihrem Sommerurlaub auf Fuerte im Robinson Club und dem Winterurlaub in St. Moritz und freute sich darüber, eine so großzügige Familie gefunden zu haben, die ihr Arbeit anbot und die sie finanziell unterstütze.

Die Zeit verflog und plötzlich hörte Lilli, wie Herbert Kortes Wagen angefahren kam.

„Papa, komm mit. Da kommt Herr Kortes, der Hausherr. Den musst du kennenlernen." Sie zog ihren Vater zur Ausgangstür und lief um die Ecke der Villa, hinauf zum Haupteingang. Herbert Kortes stieg gerade aus seinem

Bugatti und öffnete das elektrische Garagentor mit dem lässigen Druck auf den Knopf der Fernbedienung.

Mit einem kurzen Blick grüßte er Lilli und ging schnellen Schrittes zur Haupteingangstür und schloss diese auf.

„Herr Kortes, guten Abend. Darf ich Ihnen meinen Vater vorstellen?", rief Lilli fröhlich Herbert zu.

Herbert, noch völlig in Gedanken an den wundervollen, ereignisreichen Tag, drehte sich zu ihr und ihrem Vater um. Sein Blick erstarrte.

„Papa, das ist Herr Kortes.", freute sich Lilli, die Männer einander vorzustellen.

Lillis Vater starrte Kortes an. Herbert brachte keine Silbe hervor. Beide Männer beobachteten sich regungslos.

„Was ist denn los?", wollte Lilli wissen und wunderte sich über deren seltsames Verhalten.

Die Männer begrüßten sich kühl und Lillis Vater verabschiedete sich daraufhin in Windeseile. Ohne ein weiteres Wort zu verlieren, zog Herbert die Tür der Villa hinter sich zu und Lilli stand allein vor dem Haus.

„Muss ich das jetzt verstehen?", sagte sie laut vor sich hin.

„Was war das denn?"

Sie wunderte sich und ging nachdenklich zurück in ihre Wohnung.

Plötzlich fuhr Lilli der Schreck in die Glieder.

In welchem Hotel wohnt mein Vater? Ich habe keine Telefonnummer von ihm. Wo kann ich ihn wieder finden?

Lilli setzte sich verzweifelt auf das Sofa und weinte einerseits vor Freude ihren Vater wieder gefunden zu haben und andererseits vor Sorge wegen dieses merkwürdigen Vorfalls.

Eine Stunde später klingelte Lillis Telefon. Eine Friedrichshafener Nummer wurde auf dem Display angezeigt.

„Hallo, hier ist Lilli.", sprach sie in den Hörer.

„Lilli, hier ist dein Vater."

„Papa, was war denn los? Was hat das alles zu bedeuten? Kennt ihr euch, du und Herr Kortes?", wollte die aufgewühlte Lilli wissen.

„Ja.", war die eindeutige Antwort ihres Vaters.

„Ihr kennt euch? Das gibt's doch nicht und woher?"

Lillis Vater schwieg.

„Papa, antworte doch! Woher kennt ihr euch?"

„Lilli, bitte schließ sofort deine Haustüre ab und mach alle Fenster zu! Wenn du Hilfe brauchst, rufe die Nummer an, die du im Display siehst. Hast du verstanden?", appellierte ihr Vater unmissverständlich und in einem Ton, der keine Wiederrede duldete.

„Ich melde mich wieder.", fügte er hinzu und unterbrach das Gespräch abrupt.

Lilli bekam es mit der Angst zu tun.

Dennoch befolgte sie die Anweisungen ihres Vaters und verkroch sich in ihrem Bett.

In der Nacht konnte Lilli laute Telefonate aus der Villa im Obergeschoss hören. Details der Gespräche waren nicht zu verstehen. Herbert Kortes schien sehr aufgeregt und brüllte lautstark in der Villa umher. Er führte Telefongespräche bis nach Mitternacht. Lilli hatte zum ersten Mal in ihrem Leben richtige Angst.

Am darauffolgenden Tag machte die Neuigkeit von Herberts Beförderung zum Vorstand die Runde. Im Geschäft wurde Herbert übertrieben freundlich von seinen Mitarbeitern und den Sekretärinnen begrüßt.

Alle kamen freudig erregt auf ihn zu und beglückwünschten ihn zur neuen Position.

Herbert sah schlecht aus. Aufgrund seiner langen Telefonate, hatte er die ganze Nacht nicht geschlafen. Man sah ihm die Anstrengung deutlich an.

„Gratuliere, Herr Kortes.", „Super, freut mich für Sie!", „Viel Glück im neuen Job.", „Alles Gute zur Beförderung.....", diese persönlichen Glückwünsche und unzählige Telefongratulanten füllten seinen heutigen Tag.

Ein Tag zum Feiern, aber auch ein Tag mit einem großen Schatten. Eine Frage blieb für Lilli unbeantwortet: Woher kannte Herbert Lillis Vater und wer oder was verband die beiden Männer?

Am gleichen Tag wurde Eberhard Klein, der Bereichsleiter der Bodensee Sparkasse, von seinem Vorgesetzten zum Gespräch geladen.

„Herr Klein, guten Morgen. Wie geht es Ihnen?"

„Danke, danke gut. Mir geht es gut.", antwortete Eberhard artig.

„Herr Klein, ich möchte nicht lange herumreden. Ich muss auch gleich wieder in eine Besprechung. Ich habe diverse Recherchen über Sie durchführen lassen!", ergänzte sein Vorgesetzter.

Eberhard wurde nachdenklich.

„Herr Klein, Sie sind auffällig geworden.", unterbrach er seinen Satz, schaute Eberhard in das nun etwas blasse Gesicht und fuhr mit seiner Ansage fort. „Sie sind auffällig geworden durch ihre überdurchschnittlich guten Leistungen in der Sparkasse."

Eberhard fiel ein Stein vom Herzen. Er hatte befürchtet, er hätte sich etwas zu Schulden kommen lassen.

„Ich habe mehrere Empfehlungen bekommen, Sie für eine, sagen wir mal adäquate Position vorzusehen.", fuhr sein Chef fort.

Eberhard starrte seinen Chef vor Freude begeistert an.

„Oh, danke für das Kompliment. Ich weiß das zu schätzen.", erwiderte Eberhard.

„Ich weiß, dass Sie es schätzen und schätzen werden, mein Lieber.", fuhr sein Chef fort.

„Herr Klein, Sie wurden zum Vorstand der Sparkasse Bielefeld vorgeschlagen.", strahlte sein Chef. „Was sagen sie dazu?"

Eberhard war überrascht. Vorstand in Bielefeld. Vorstand will ich sein, aber doch nicht in Bielefeld, dachte er sich und zögerte mit einer Antwort.

„Na, was sagen Sie zu diesem Angebot?", hakte sein Chef nach.

„Bielefeld?", antwortete Eberhard etwas schüchtern.

„Ja, Bielefeld. Eine super Stadt. Sie werden Vorstand der Sparkasse Bielefeld. Was sagen Sie?", hakte sein Chef wiederholt nach.

Eberhard war nicht begeistert. Er wollte Vorstand werden, klar. Aber er wollte Vorstand der Sparkasse in der Nähe seines Bodensees werden, aber niemals in Bielefeld.

Hinter diesem Angebot steckte natürlich Peter Schmid. Herberts Segelkamerad, der Vorstand der Sparkasse Konstanz. Er hatte gegenüber seinem Vorstandskollegen der

215

Sparkasse Friedrichshafen noch eine Rechnung offen. Dieser Vorstand hatte die Position für Eberhard befürwortet und hatte ihn empfohlen.

Eberhard war auf der einen Seite froh, dass endlich sein Potential erkannt worden war und er für eine Vorstandsposition vorgesehen war. Aber auf der anderen Seite konnte er sich nur schwer mit der Entscheidung Bielefeld anfreunden.

Eberhard bat seinen Chef um Bedenkzeit und ging früher als üblich, bereits um 17 Uhr nach Hause.

„Du kommst schon nach Hause? Ist etwas passiert?", empfing Gudrun ihren Ehemann.

„Nein, nein. Alles in Ordnung. Ich muss dringend mit dir reden.", erwiderte Eberhard.

Gudrun war überrascht. „Reden? Seit wann reden wir über irgendetwas?", dachte sie sich und war gespannt auf die Neuigkeit, die jetzt kommen musste.

„Hör mal, Gudrun.", begann Eberhard schließlich. „Heute hat man mir einen neuen Posten vorgeschlagen."

„Das ist doch super! Welchen denn?", fragte Gudrun neugierig.

„Vorstand in der Sparkasse Bielefeld."

Gudrun schaute ihren Mann an und antwortete überrascht: „Bielefeld?".

Gudrun freute sich auf der einen Seite für ihren Mann, aber auf der anderen Seite würde sie ganz bestimmt nicht ihren Freundeskreis, ihre Kosmetikerin, ihre Personaltrainer, ihren Frisör und das Nagelstudio wechseln.

„Ist doch super, gratuliere!", antwortete sie. „Dann ziehst du eben nach Bielefeld."

„Was sagst du? Ich soll nach Bielefeld ziehen?", wunderte sich Eberhard über die Antwort.

„Ich werde doch nicht in den Ruhrpott ziehen! Ich bleibe auf jeden Fall am Bodensee. Es gibt keinen schöneren Platz in Deutschland."

Gudrun käme es sogar gelegen. Sollte Eberhard nach Bielefeld ziehen, hätte sie während der Woche genügend Spielraum, ihren Neigungen und Aktivitäten nachzugehen ohne sich ständig vor Eberhard rechtfertigen zu müssen, wohin sie ging oder wo sie am Abend war.

„Eberhard, ich finde, das muss gefeiert werden! Du wirst die Stelle als Vorstand annehmen, hörst du!", befahl sie ihrem Mann nach ein paar Minuten. „So etwas darf man nicht ausschlagen!", argumentierte sie weiter.

„Du wirst Vorstand und ich bin die Vorstandsgattin. Ist doch super!", freute sich Gudrun und nahm ihren Mann in die Arme und gratulierte ihm nochmals.

Eberhard war sich unschlüssig. Vorstand zu sein war schon immer sein großer Wunsch. Macht zu haben; Das war sein Ziel und der Reiz seines Lebens. Wer Vorstand ist, habe es im Leben zu etwas gebracht, war seine überzeugte Meinung.

Einen Tag später wurde bereits in der Sparkasse Friedrichshafen hinter vorgehaltener Hand über die Karriere von Eberhard getuschelt.

Eberhard war nicht besonders beliebt in der Sparkasse Friedrichshafen. Durch sein emsiges Streben, auf der Karriereleiter weiter zu kommen, verhielt er sich zu oft arrogant und überheblich gegenüber den Kollegen. Dass Eberhard Klein nun für die offene Stelle als Vorstand in Bielefeld vorgeschlagen wurde, wussten natürlich die Kollegen und sie waren neidisch. Trotz Verschwiegenheitsgebot gab es, wie in jeder Firma, ein Vögelchen, welches diese Neuigkeit vom Dach pfiff.

Eberhard war auf dem Weg zum Besprechungszimmer im 3.OG als er zufällig einem Gespräch von Kollegen lauschte.

„Ja, der Klein, der hat bestimmt Fürsprecher. So war es doch auch beim Kortes."

„Welchem Kortes?", wollte der andere Kollege wissen.

„Der Kortes, der große Macker bei der Firma UTK in Friedrichshafen. Der kennt unseren Groll aus Konstanz. Der Kortes verschafft Grolls Sohn ein Pöstchen bei UTK und im Gegenzug bekommt Klein als Revanche auch ein Pöstchen. Kortes und Klein kennen sich doch seit Jahren und sind befreundet. Der Kortes und Groll stecken sicher dahinter.

Fachwissen zählt bei uns nicht mehr. Lediglich Beziehungen sind hier gefragt.", lästerte der Kollege hinter einer Trennwand zur Kaffeemaschine, ohne zu wissen dass Eberhard Klein das Gespräch mithören konnte.

Eberhard ging ein Licht auf. Sein ehemaliger Freund Herbert steckt hinter seiner Beförderung. Nun war es klar; Herbert wollte Eberhard aus der Stadt haben, indem er ihn abwerben ließ, damit er sich wieder um Eberhards Gudrun kümmern konnte.

Am Abend rief Eberhard seinen ehemaligen Freund zu Hause an.

„Kortes", meldete sich Herbert.

„Herbert, hier ist Eberhard."

„Was willst du?", antwortete Herbert genervt.

„Wie geht es dir Herbert?", wollte Eberhard mit freundlicher Stimme wissen.

„Was willst du?", wiederholte Herbert, der schon einen weiteren Angriff bezüglich der einen Nacht mit Gudrun vermutete.

„Sei doch nicht so unfreundlich, Herbert. Ich will nur wissen, wie es dir geht.", provozierte Eberhard ein wenig und setzte nach. „Ich glaube dir wird es gleich nicht mehr so gut gehen, mein Freund."

„Was soll das, willst du mir drohen?"

„Ach, was heißt hier drohen. Ich will nicht drohen. Ich will nur mal etwas mehr ehrlich sein, als es dir Recht ist.", setzte Eberhard nach.

„Und?", hakte Herbert nach.

„Kennst du einen Groll aus Konstanz?", wollte Eberhard wissen.

„Was geht dich das an?", erwiderte Herbert scharf.

„Was mich das angeht...? Eigentlich nichts, aber...!"

„Was, aber?", wollte Herbert genervt wissen.

„Ja, man erfährt einiges über dich, wenn man etwas recherchiert."

„Ach, und was hast du erfahren?", Herberts Neugier, aber auch Sorge nahmen stetig zu.

„Zum Beispiel die Sache mit deinen Autos.", erklärte Eberhard.

„Was soll damit sein? Du bist doch nur neidisch.", fügte Herbert arrogant hinzu.

„Neidisch? Neidisch auf was?", hakte Eberhard nach. „Die Autos gehören doch gar nicht dir. Sie gehören doch zu deiner Schieberfirma!", behauptete Eberhard.

Herbert wunderte sich.

„Schieberfirma? Was soll das nun wieder heißen?", fragte Herbert scheinheilig nach.

„Schieberfirma, wie ich doch sage. Deine Firma KH International in Konstanz, die Luxus Fahrzeuge wie deinen Bugatti, Porsche oder BMW aus Holland billig einkauft, um sie dann zu Spottpreisen und ohne die liebe Steuer zu verschleudern.", erklärte Eberhard und lachte herzhaft dazu.

Herbert, verhielt sich still und wartete ab.

„Möchtest du nichts dazu sagen?", provozierte Eberhard weiter.

„Und was machst du mit deinem geliehenen Geld bei der Bank of Scottland?", attackierte Eberhard weiter.

„Ok, du Drecksack! Jetzt ist gut!", unterbrach Herbert seinen ehemaligen Freund. „Was willst du? Willst du Geld? Brauchst du Geld? Los sag schon!", brüllte Herbert.

Endlich hatte Eberhard seinen Widersacher aus der Reserve locken können.

„Herbert, dein Geld kannst du behalten. Ich habe selbst genug Geld. Du sprichst mit Groll, ich will Vorstand in Friedrichshafen werden. Hörst du, Vorstand in Friedrichshafen. Mit deinem Bielefeld kannst du mich mal!", erklärte Eberhard siegessicher.

Herbert war nun klar, sollte er auf die Forderung nicht eingehen, würde Eberhard an die Öffentlichkeit gehen und Herberts Karriere würde einen Knick bekommen. Ein Vorstand, der Steuern hinterzieht, würde abgesetzt werden.

Herbert hatte keine andere Wahl, er musste sich etwas einfallen lassen.

Bereits wenige Wochen später erschien in der Presse ein großer Artikel. „Eberhard Klein, neuer Vorstand der Sparkasse Bodensee"

Ein Raunen ging durch die Sparkassenwelt. Einer der amtierenden Vorstände in Friedrichshafen übernahm freiwillig die Vorstandsposition in Bielefeld, welche plötzlich mit einer deutlich höheren Entlohnung als üblich verbunden war. Er kam in Scheidung und benötigte daher händeringend das Geld, da seine Frau ihn auf üble Weise finanziell ausnahm.

Dieser Vorstandswechsel kam selbst für die Friedrichshafener Bankenwelt überraschend. Herbert war in einem Netzwerk von einflussreichen Geschäftspartnern gefangen und konnte durch seine privaten, finanziellen Möglichkeiten viele Stimmen relativ einfach für sich gewinnen. Er steuerte natürlich eine größere Geldmenge für die Vorstandsentlohnung bei und sponserte diese zusätzlich mit seinen Luxusautos. Wie dieses Geld und die Autos unbemerkt verrechnet wurden, blieb ein Geheimnis.

Einen Monat später waren ein Teil der Belegschaft der Sparkasse Bodensee und die amtierenden Vorstände zur Vorstandsernennung geladen.

Dazu wurde im Graf-Zeppelin Haus der Colsmann Saal angemietet, der hierzu festlich geschmückt und von der häuslichen Gastronomie Service bewirtet wurde.

Die Crème de la Crème der Bankenwelt fuhr, gekleidet in elegantester Abendgarderobe, vor. Hinzu eingeladen waren wieder Vertreter der Stadt, wichtige politische Größen der umliegenden Städte und Gemeinden und Führungskräfte der Industrie sowie führende Ärzte der Umgebung mit deren Gattinnen. Es war ein wichtiger Bestandteil derer, die bereits Karriere gemacht hatten und derer die Karriere machen wollten, zu solchen Veranstaltungen eingeladen zu werden. Man war somit wichtig und man konnte Kontakte zu gleichen Spezies der besseren Menschen aufbauen und diesen pflegen.

Auch Gudrun war mit Manfred als VIP Gast geladen und sollte neben Karin und Herbert sitzen. Manfred sah schlecht aus. Man konnte ihm die Anzeichen seiner AIDS Erkrankung deutlich ansehen. Er war etwas abgemagert, hatte blasse Haut und tiefe Augenränder. Gudrun hingegen strahlte Lebensfreude und Vitalität aus. Sie war wie immer braungebrannt, trug ihr volles, prächtiges Haar zur Hochfrisur gesteckt und wirkte in ihrem engen schwarzen Kleid einfach verführerisch und erotisch.

Die Laudatio hielt der Vorstandsvorsitzende der Sparkassenvereinigung Bodensee.

„Jeder bekommt das, was er verdient!", begann der Vorstandsvorsitzende seine Rede.

„Meine Damen und Herren, heute haben wir die Ehre einem verdienten Mitarbeiter, der sich selbstlos und unermüdlich über Jahre hinweg für uns, die Sparkasse, verdient gemacht hat, Danke zu sagen. Herzlich Willkommen, meine Damen und Herren hier im wunderschönen Graf Zeppelin Haus heißen sie bitte mit mir zusammen Herrn Eberhard Klein Willkommen, Vorstand der Sparkasse Bodensee".

Der Saal erhob sich von den Stühlen und gab Standing Ovation. Stolz und mit geschwollener Brust erhob sich Eberhard vom Stuhl, drehte sich freudig um, und grüßte die Anwesenden, bevor er sich wieder hinsetzte. Da gab ihm der Vorstandsvorsitzende ein Zeichen, nach vorn auf die Bühne zu kommen. Mit schnellen Schritten ging Eberhard nach vorn.

Karin drehte sich zu Gudrun und flüsterte „hast du das leckere Sahneschnittchen da drüben gesehen?"

„Wo?", kicherte Karin und drehte sich auffällig suchend um.

„Da, da drüben, der leckere Kellner, der wäre doch was für dich, was meinst du?"

Der Applaus verstummte und Eberhard stand neben dem Vorstandsvorsitzenden am Rednerpult.

„Danke", begann Eberhard seine Rede. „Danke dass sie mir die Möglichkeit geben mich für die Sparkasse jetzt als Vorstand einzubringen......"

Eberhard hielt eine 15 minütige Dankes- und Lobeshymne während dessen sich Gudrun und Karin weiter um ihr neues frisches Opfer bemühten.

Es dauerte nicht lange, bis der junge Kellner, gekleidet in typischer Garderobe mit schwarzer Hose, einem weißen frisch gebügelten Hemd, darüber eine schwarze umgebundene Schürze, auf die gutaussehenden Frauen aufmerksam wurde.

Die Frauen mussten aufpassen, da sie im Rampenlicht in der ersten Reihe saßen und natürlich von den Rednern und den anderen Gästen beobachtet werden konnten. Das war aber der besondere Reiz für die Frauen, was sie ungemein antörnte. Der unauffällige Blickkontakt zu ihrem neuen Opfer hielt die gesamte Redezeit an. Nach Dankeshymen und offizieller Nominierung zum Vorstand mit der Zeremonie „Dem Anstecken einer Reversnadel ans Jackett", ging die Veranstaltung in den gemütlichen Teil des Abends über, das Galadinner.

Die Gastronomie fuhr ihr gesamtes Repertoire auf und die Gäste labten sich lobend daran.

Eberhard wurde von Gratulanten regelrecht beschlagnahmt, die ihm meist neidisch die Vorstandshand schüttelten und ihm die besten Wünsche mit auf seinen neuen Weg gaben. Ob diese Wünsche wirklich von Herzen kamen war fraglich. Karin war ebenfalls in diese Zeremonie mit eingebunden und stand als Vorstandsfrau artig ihrem Mann bei und schüttelte hunderte von Händen der Gratulanten.

In der Zwischenzeit hatte sich Gudrun bereits den Kellner etwas näher angeschaut. Sie war wild auf dieses junge unschuldige Fleisch. Der junge Mann war Mitte zwanzig, wahrscheinlich ein Student der Zeppelin Uni aus Friedrichshafen, und war sehr athletisch geformt. Er musste Kraftsport auf irgendeine Weise machen, da sein Körper die pure Kraft ausstrahlte.

Trotz des Trubels der Gratulation hatte Karin immer ein neidisches Auge auf ihre Freundin, die sie aber bald aus den Augen verlor. Manfred war schon früher mit dem Taxi nach Hause gefahren, er fühlte sich nicht gut. Ob sie sich mit dem Kellner vergnügte sollte für diesen Abend ihr Geheimnis bleiben. Morgen früh würde Karin sowie so ihre Freundin Gudrun anrufen und die Details erfahren.

Schließlich war Herbert als Gratulant an der Reihe seinem Exfreund die Hand zu schütteln. Als dieser aus dem Augenwinkel heraus plötzlich Lilli und ihren Vater auf der gegenüberliegenden Seite des Colsmann Saales erkannte.

„Eberhard, alles Gute und Gutes gelingen", log Herbert seinem Erpresser in die strahlenden Augen.

„Danke, danke für die guten Wünsche", erwiderte Eberhard nun völlig desinteressiert an Herbert, denn er war jetzt am Ziel seines Lebens. Er war Vorstand. Wie er Vorstand wurde oder wer ihm dazu half, war jetzt nicht mehr wichtig. Vorstand zu sein, das war seine Erfüllung!

„Ein kleiner Herbert kann ihm jetzt nicht mehr gefährlich werden", dachte er sich.

Herbert schaute sich suchend um und konnte Lilli gerade noch sehen wie sie den Saal verließ. Der Mann an ihrer Seite, ihr Vater, drehte sich nochmals auffällig zu Herbert um und nickte ihm mit bösem Blick wissend zu.

Herberts Puls schoss auf 180. Sein Atem wurde schneller und kleine Schweißtropfen bildeten sich auf seiner Stirn.

Warum war Lillis Vater hier? Warum war Lilli hier. Wer hat sie reingelassen?

Wieder schwebte die Frage im Raum. Wer war dieser Mann und woher kannte ihn Herbert?

# Das Seehasenfest

Es waren nur noch wenige Tage bis zu den Sommerferien. Und kurz vor den Sommerferien in Baden Württemberg stand das Seehasenfest in Friedrichshafen an. Das schönste Fest weit und breit am Bodensee.

Ein Kinderfest, welches nach dem 2. Weltkrieg von einem Gönner der Stadt Friedrichshafen erfunden wurde und welches von Donnerstag bis Montag dauerte.

Ein Seehase, welcher im Bodensee wohnt, wird symbolisch mit dem Schiff aus den Tiefen des Bodensees abgeholt und feierlich mit Fanfarenklängen an Land gebracht. Es durfte nur ein speziell ausgewählter Einwohner der Stadt dieses Kostüm tragen. Während des Seehasenfestes verschenkt der Seehase Süßigkeiten an die Kinder der Stadt und an Hilfebedürftige. An der Uferpromenade von Friedrichshafen siedeln sich in dieser Zeit Biergärten, Bratwurststände, die Ochsenbraterei, Steakhäuser und diverse Kleinhändler an. Unterhaltungsmusik dröhnt aus allen Ecken. Die Menschen feiern ausgelassen und die Stadt wird überschwemmt von Touristen. Das Seehasenfest ist das Fest am See.

Den Höhepunkt dieses Festes bildet der Yachtkorso des Wassersportvereins Fischbach, ein kleiner Segelclub im Westen von Friedrichshafen. Die Segelyachten passieren dazu den nahen Uferbereich. An Bord werden bengalische Fackeln gezündet, die Segel der Schiffe strahlen die bunten Farben in den Nachthimmel. Ein wahrhaft romantisches Bild. Das daran anschließende prächtige Feuerwerk, welches sich die Stadt jedes Jahr aufs Neue sehr viel kosten lässt, rundet den Höhepunkt vom Fest ab.

Zu diesem Fest war Sophie zu Besuch in Friedrichshafen.

Sie hatte immer noch Schwierigkeiten, sich an ihr neues zu Hause, dem Internat Salem, zu gewöhnen, aber durch den täglichen Skype Talk mit Lilli fand sie Kraft die Situation durchzustehen.

An diesem Samstagabend lud Herbert seine Tochter Sophie, Lilli und für alle überraschend deren Vater ein mit ihm aufs Seehasenfest zu kommen. In den letzten Jahren hatte Herbert kein Interesse am Seehasenfest. Es waren, seiner Meinung nach, zu viele Menschen auf viel zu engem Raum unterwegs. Dieses Jahr war es anders. Herbert lud sie ein und hatte sogar einen Tisch im besten Biergarten durch einflussreiche Freunde reservieren lassen. Da es schwierig war in dieser Zeit einen Parkplatz zu bekommen fuhren sie gemeinsam mit einem Großraumtaxi in die Stadt. Sie schlenderten einige Zeit über den Rummelplatz. Losbuden und riesige Fahrgeschäfte waren aufgestellt. Tausende von Festbesuchern waren gekommen und gaben freizügig ihr Geld aus. Der Geruch von Popcorn und Bratwurst hüllte den östlichen Teil von Friedrichshafen am äußeren Hafenparkplatz in den typischen Geruch des Seehasenfests ein. Die laute Musik die aus den Karussells schallte lag wie ein Teppich über allem.

Herbert ließ sich mit seinen Gästen im Gedränge treiben und steuerte aber zielbewusst das Schlagerzelt an, einem der bekanntesten Biergärten, wo ihr Tisch reserviert war. Von hier aus konnte man die Menschenmengen beobachten, die sich durch die Besuchermassen schoben und man konnte Leckereien wie Bratwürste, Steaks oder Schnupfnudeln vom Platz aus bestellen. Ein gut eingeschenktes Bier vom Fass gehörte dazu. Sophie bevorzugte ihre Limonade.

An diesem Abend war es außergewöhnlich warm. Es war heiß. Inzwischen war es kurz nach zehn Uhr und immer noch 29 Grad. Es war Sommer, wie man ihn sich immer wünschte und die Gefahr eines der typischen Wärmegewitter am Bodensee war nicht in Sicht. Es war ein perfekter Abend.

Der Fischbacher Yachtkorso zog vor der Friedrichshafener Bucht seine Kreise und wurde mit schallendem Applaus der Zuschauer begrüßt. Der Korso war gleichzeitig das Zeichen, dass das Feuerwerk in Kürze gezündet würde.

Sophie, Lilli, ihr Vater und Herbert saßen an einer der vorderen Bierbänke und hatten einen sehr guten Blick auf den See. Es war ein guter Platz um das Feuerwerk zu sehen.

Lillis Vater musterte Herbert.

„Was ist los?", wollte Herbert wissen.

Lillis Vater reagierte nicht auf die Frage und starrte stumm zu Herbert.

„Papa, was ist los?", wollte Lilli wissen. Sie sah, dass Herbert Schweiß auf der Stirn stand und dass seine Hände zitterten.

Es war kurz vor halb elf, die Musik hörte auf zu spielen und die Lichter in den Biergärten und den Straßenständen sowie an der Uferpromenade wurde ausgeschaltet, um das bevorstehende Feuerwerk besser zu sehen und in voller Pracht genießen zu können.

„Ich kenne dich, du Drecksack!", antwortete Lillis Vater plötzlich für alle überraschend und sehr aggressiv.

Sophie wunderte sich.

„Ihr kennt euch?", wollte Sophie nochmals bestätigt haben.

Herbert wurde blass. Jetzt zitterten nicht nur seine Hände, sein Körper zitterte bei 29° C

Grad Außentemperatur. Er verhielt sich schon den ganzen Tag merkwürdig, dachte sich Sophie. Sein Verhalten war besonders auffällig gespielt freundlich. Die heutige Einladung zum Seehasenfest war ebenfalls seltsam. Herbert war sichtlich nervös.

„Ja, ich kenne den Drecksack aus Thailand. Der steht auf die ganz jungen Dinger. Ich hab ihm immer gesagt, er soll das lassen. Er bezahlte aber sehr viel Geld dafür!", wetterte Lillis Vater. „Das ist ein Perverses Schwein!", fügte Lillis Vater hinzu.

Sophie und Lillis starrten Herbert entsetzt an. „Herbert ein Pädophiler?", schossen ihnen Gedanken durch den Kopf.

„Ich war mir erst nicht sicher, aber jetzt habe ich ihn erkannt. Er ist der perverse Typ", untermauerte Lillis Vater seine alles zerschmetternde Aussage.

Mit einem kräftigen Knall und einem kurzen Lichtblitz am Himmel wurde das Feuerwerk eröffnet. Alle Besucher erschraken etwas und drehten ihre Köpfe zum See hin. Plötzlich fiel ein lauter Schuss und Sophie zuckte zusammen. Sie hielt ihre Hand auf ihren Hals und verdrehte ihre Augen. Blut floss zwischen ihren Finger über ihre Hand. Ein zweiter Schuss war zu hören. Lillis Vater wurde mitten in die Stirn von einem Geschoss getroffen und fiel rückwärts von der Bierbank. Ein Raunen ging durch die Menschenmenge.

„Das ist doch kein Feuerwerk. Da wurde geschossen", rief ein Mann aus der Menge heraus, der den Vorfall beobachten konnte.

Plötzlich brach Panik im Biergarten aus. Ein Mann Mitte Vierzig, asiatischen Ursprungs, kam auf ihren Tisch zu und zielte aus etwa 3m mit einer Pistole abermals auf Lillis Vater und drückte ein drittes Mal ab. Die Kugel traf wieder den Kopf von Lillis Vater der bereits blutüberströmt auf dem Boden lag. Dieser Killer erledigte seine Arbeit sorgfältig. Nach dem Dritten Schuss blieb er noch eine Sekunde stehen, musterte den toten Leib, grinste Herbert an und rannte danach blitzschnell davon. Die umstehenden Personen waren geschockt von der Tat und dieser Kaltblütigkeit. Niemand konnte in irgendeiner Weise reagieren, Schockstarre überzog den Biergarten.

Unzählige Raketen und andere Leuchtkörper mit gespickt pyrotechnischer Raffinesse wurden vom Feuerwerkschiff aus in den Häfler Nachthimmel geschossen.

Die Menschenmengen duckten sich nach dem Dritten Schuss zur Sicherheit ab und schrien vor Panik.

„Der hat eine Pistole, ein Amokläufer schnell weg", brüllte wieder ein anderer Gast des Biergartens.

Die Menschenmenge war aufgebracht. Wie wilde aufgescheuchte Tiere irrten sie plötzlich umher. Der erste Schuss des Schützen verfehlte Lillis Vater aufgrund des Gedränges, da der Schütze angerempelt wurde und traf versehentlich Sophie, die neben ihm saß.

„Sophie, was ist mit dir? Hat er dich getroffen?", wollte Lilli wissen, die inzwischen ihre Freundin auf den Boden legte und unter der Bierbank in Sicherheit hielt, um nicht von der hysterischen Menschenmenge niedergetrampelt zu werden.

„Sophie, was ist mit dir?", hakte sie nach und zog vorsichtig Sophies Hand von der Wunde, um den Grad der Verletzung zu sehen. Blut spritze in einer kleinen Fontaine ihr entgegen. Sophie war ernsthaft verletzt und verdrehte etwas ihre Augen bereits. Ein größeres Blutgefäß am Hals muss getroffen sein.

„Lilli, es tut so weh", flüsterte Sophie ihrer Freundin mit schmerzverzerrtem Gesicht entgegen.

„Hilfeeeeeee", brüllte Lilli wie besessen plötzlich.

„Hilfeeee, wir brauchen einen Arzt", brüllte sie völlig erregt durch die in Panik versetze Menschenmenge vergebens. Der Knaller des Feuerwerks hüllte die Situation in einen unkontrollierten Lärmteppich.

Lillis Vater lag direkt neben ihnen. Er war blutüberströmt. Er war tot.

Lilli stand auf, brüllte abermals so laut sie konnte „Hilfeeee, einen Arzt hilfeeeeee."

Menschen rannten panisch an ihr vorbei und riefen ebenfalls um Hilfe. Jeder der Besucher hatte Angst um sein eigenes Leben. Kindergeschrei war zu hören. Niemand sah den fliehenden Täter, er musste noch hier unter den Menschen sein.

Heulend fiel Lilli wieder auf ihre Knie neben ihre Freundin Sophie, drückte vorsichtig ihre Hand auf die klaffende Wunde am Hals, um die Blutung zu stillen und sang aus Verzweiflung ihr Lied „In the arms of an angle fly away from here....."
Sirenen von Polizei, Krankenwagen und Feuerwehr waren in der Ferne zu hören. Alle Sicherheit- und Rettungskräfte aus Friedrichshafen und Umgebung waren aktiviert. Der Biergarten war in Panik und befand sich im Ausnahmezustand. Die Nachbargärten wurden mit in Panik versetzt und es herrschte absoluter Ausnahmezustand an der Uferpromenade. Hunderte von Menschen wurden durch die wild herumrennenden Menschen verletzt und riefen um Hilfe.
Das Feuerwerk lief auf Hochtouren und der Nachthimmel wurde in ein farbenprächtiges Ambiente gehüllt. Auf der Straße lagen verletzte Menschen. Blut von unschuldigen Menschen glitzerte im Feuerwerksschein.

„Lilli, ich hab dich lieb", sagte Sophie nur noch schwach atmend. Sophie lächelte nochmals ihre Freundin an und fügte hinzu „ schade, ich wollte noch so viel mit dir unternehmen." Sie schloss ihre Augen, atmete ein und aus. Ein kleiner Seufzer war noch zu hören bevor sie bewusstlos wurde.

Lilli fiel in Schockstarre, hielt ihre Freundin im Arm und hatte die andere Hand ausgestreckt auf dem Bein ihres Vaters abgelegt, der neben ihr lag. Menschen brüllten vor Schreck als sie dieses Bild sahen und ließen Lili in ihrer Not alleine zurück.

Nach unendlichen zehn Minuten waren Rettungskräfte Vorort und bemühten sich um hunderte Verletzte. Der Schütze war unbemerkt in der Menschenmenge und der Dunkelheit entkommen.

Ein Notarzt und zwei Sanitäter näherten sich Lilli, die inzwischen blutverschmiert vom Blut ihrer Freundin auf dem Boden saß und immer noch ihr Lied sang „....in the arms of an angel, fly away from here...."

Selbst der erfahrene Arzt war ergriffen von diesem Bild und kämpfte mit den eigenen Gefühlen. Vorsichtig näherte er sich Lilli. Die Sanitäter hoben die schützende Bierbank unter der Lilli Schutz suchte vorsichtig zur Seite und der Notarzt legte behutsam seine mit einem Gummihandschuh überzogene Hand zuerst auf Sophies Halsschlagader und danach auf die ihres Vaters , um den Puls zu spüren. Er blickte zu den Sanitätern und schüttelte vorsichtig seinen Kopf. Die Hilfe kam zu spät, auch Sophie war tot.

„Es ist alles gut. Es ist alles gut", sagte der Notarzt und trennte Lilli vorsichtig von ihrer toten Freundin, half ihr auf die Beine und führte sie zum wartenden Rettungswagen. Die Sanitäter standen emotional ergriffen stumm daneben und wischten sich einzelne herunterlaufende Tränen ab, bevor sie die Leichen mit einem weißen Tuch abdeckten.

Herbert war verschwunden. War er in Panik weggelaufen oder wurde er auch verletzt und lag er irgendwo im Krankenhaus?

Tatsächlich hatte Herbert versucht aus der Panik zu entfliehen, wurde aber von den Menschenmassen weggedrückt und stürzte unglücklich über eine am Boden liegende Person und brach sich dabei sein Schienbein. Er wurde auf der anderen Seite des Biergartens am Boden liegend gefunden und von Sanitätern zum Rettungswagen begleitet und wurde in die Ambulanz des Klinikums Friedrichshafen gebracht.

Herbert konnte nicht gehen, seine Schmerzen waren so groß. Er wurde in einen Rollstuhl vor der Ambulanz gesetzt und musste auf seine Behandlung warten. Die Notfallmediziner waren mit den unzähligen anderen Patienten beschäftigt, denen es deutlich schlechter ging als Herbert.

Ein weiterer Krankentransport traf in der Ambulanz ein. Herbert beobachtete die sehr beschäftigten Krankenschwestern, die die neuen Patienten auf fahrbaren Bahren eilig hin und herschoben. Vor dem Operationssaal standen diese Bahren in Reihe.
Plötzlich erkannte Herbert Lilli auf der einen Bahre. Sie lag mit weit aufgerissenen Augen darauf und starrte an die Decke. Sie war blass und ihr Gesicht war versteinert. Sie war blutverschmiert. Sie sah aus wie eine Puppe. Herbert wollte gerade aus seinem Rollstuhl aufstehen, als er von fürchterlichen Schmerzen auf sein gebrochenes Bein wieder aufmerksam gemacht wurde.
„Autsch,.......Schwester, was ist mit ihr?", wollte Herbert von der vorbeieilenden Krankenschwester wissen. Diese antwortete nicht und zuckte nur mit ihren Achseln.
Herbert fuhr langsam mit seinem Rollstuhl Lilli hinterher.
Am Ende des Ganges wurde sie in ein großes Zimmer geschoben, das als Wartezimmer für die Verletzten diente. Herbert fuhr bis an ihre Bahre heran, stupfte Lilli an der Schulter „Lilli, was ist mit Sophie, wo ist Sophie?"
Lilli reagierte nicht. Herbert ahnte Schreckliches. Herbert wurde erst am frühen

Morgen von einem Assistenzarzt medizinisch versorgt und sein gebrochenes Bein wurde eingegipst. Ein gerufenes Taxi fuhr ihn nach Hause.

Die Lokalpresse und die süddeutsche Presse berichteten vom schrecklichen Massaker am Seehasenfest. Viele der Festbesucher bekamen den schrecklichen Vorfall zuerst gar nicht mit, da der Lärmpegel des Feuerwerks und die plötzlich fliehenden Menschenmassen verschiedene Streitereien durch anrempeln von Festbesucher verursachten. Man dachte es wäre eine Rangelei von aufgebrachten Betrunkenen. Aber es war schlimmer als vermutet.

Die Stadt Friedrichshafen setzte am Folgetag die Flaggen auf Trauer und sagte das Seehasenfest ab.
Es wurde von mehr als hundert Leichtverletzen, drei Schwerverletzten und zwei Toten in der Presse berichtet. Einen Tag später, am Montagmorgen, war die Schlagzeile der internationalen Presse „Mord in Friedrichshafen auf dem Seehasenfest. Asiatischer Auftragskiller erschießt zwei Menschen."
Die ansässige Kriminalpolizei hatte eine Sonderkommission zusammengestellt, die sich ausschließlich der Aufklärung des

schrecklichen Mordes widmete. Es wurden etliche Zeugen befragt und die unterschiedlichsten Antworten ausgewertet. Herbert Kortes wurde als Vater des ersten Mordopfers sofort von Kripobeamten in seiner Villa aufgesucht.

Ein dunkler BMW hielt an der Villa Kortes. Der Fahrer stieg aus und klingelte am massiven Tor, welches die Villa vor ungebetenen Gästen schützte.

„Hallo Herr Kortes, wir sind von der Kripo Friedrichshafen. Die zwei Männer mittleren Alters strecken ihm ihre Dienstausweise als Beweis ihrer Identität der Kamera am Tor entgegen. Der Wagen wurde eingelassen und die Beamten wurden von Herbert ins Wohnzimmer geführt.

„Was ist mit meiner Tochter, wo ist meine Tochter?" wollte er völlig verwirrt wissen.

„Ihre Tochter", stutze kurz der Beamte und fuhr fort „ ich dachte sie wussten das bereits schon?", antwortete der eine Beamte und schaute fragend seinen Kollegen an.

„Herr Kortes, ihre Tochter wurde vom Täter angeschossen, die Halsschlagader wurde verletzt. Sie ist tot. Mein Beileid", kondolierte der Beamte.

Herbert starrte die Beamten an. Er reagierte nicht.

„Herr Kortes?", fragte der andere Beamte „geht es ihnen nicht gut?"

Herbert setzte sich. Er starrte völlig benommen zur Terrasse über den Bodensee hinweg.

„Sophie ist tot?", stammelte Herbert vor sich hin.

Herbert legte seinen Kopf in die Hände und fing an, jämmerlich zu weinen.

Der Beamte ging auf Herr Kortes zu und legte seine Hand zum Trost auf seine Schulter. Der andere Beamte holte sein Handy aus der Tasche und rief einen Arzt, der sich um Herbert Kortes kümmern sollte.

„Herr Kortes, es tut uns Leid. Glauben sie mir, ich weiß wie sich fühlen. Ich habe auch eine Tochter", erklärte der eine Beamte und setzte sich neben Kortes aufs Sofa.

„Ich muss ihnen trotzdem einige Fragen stellen", erklärte er.

„Herr Kortes, haben sie den Schützen gesehen?", fragte der Beamte.

Herbert konnte nicht antworten. Er war von der Wahrheit geschockt. Seine Sophie sollte tot sein. Er konnte es nicht glauben.

„Meine Tochter ist nicht tot, es muss sich um eine Verwechslung handeln", antwortete Kortes unter Tränen.

Der Beamte war ein erfahrener Polizist. Er wusste, dass die Hinterbliebenen oft so wie Kortes reagieren.

„Herr Kortes, haben sie eine Idee warum der Täter auf ihre Tochter und auf Marek Kowalski geschossen hat?"

Herbert lief es eiskalt den Rücken herunter. Der Beamte spürte das seltsame Verhalten vom Herbert..

Gedanken an diesen Namen ließen Herbert nächtelang nicht schlafen. Dieser Name hatte sich in Herberts Gedächtnis eingebrannt.

„Marek, immer wieder dieser Marek", dachte sich Herbert und schwieg.

„Herr Kortes, woher kennen sie Marek Kowalski?", wollte der geschulte Beamte wissen, da er an seiner Reaktion erkannte, dass dieser Mann ein Bekannter sein musste.

„Das ist der Vater meiner.....", Herbert stutze kurz und fuhr fort, „äh, meiner Haushaltshilfe."

„Ihre Haushaltshilfe? Wie heißt diese?"

„Lilli", antwortete Herbert.

„Seit wann hilft Lilli denn im Haushalt?"

„Immer. Schon immer. Sie hilft immer. Seit dem Tod meiner Frau ist sie eigentlich jeden Tag hier. Sie hat zuerst auf Sophie aufgepasst und jetzt putzt sie, räumt auf und kümmert sich ums Haus."

„Jeden Tag?", fragte der Beamte.

„Ja, jeden Tag. Sie wohnt unten in der Einliegerwohnung?"

„Ist sie denn heute hier?"

Herbert antwortete nicht mehr. Herbert erinnerte sich an das letzte Gespräch am Seehasenfest. Lilli und Sophie waren geschockt über die Aussage Mareks:

„Er ist der perverse Typ."

Die entsetzten Gesichter der Mädchen sah er vor sich.

Ja tatsächlich gab es ein Geheimnis im Leben von Herbert, das er bisher gut verheimlichen konnte. Herbert hatte eine spezielle sexuelle Neigung. Er stand auf blutjunge Frauen. Frauen die minderjährig waren. Seine Zielgruppe sind Kinder im Alter von 10-15 Jahren. Kleine mädchenhafte Körper zogen ihn animalisch an und erregten ihn ungemein. Je zarter und unschuldiger der Körper, desto mehr war er bereit für sexuelle Dienste auch großzügige Geldspenden hinzublättern. Seine pädophile Neigung lebte Herbert seit Jahren auf seinen regelmäßigen Geschäftsreisen in Thailand aus. Dort war es nicht schwer Etablissements zu finden, in denen seine Geschmacksrichtung angeboten wurde. Er hatte durch einen Insidertipp ein Lokal in Bangkok ausfindig gemacht, welches ein Bulgare seit Jahren erfolgreich führte und in dem alle, wirklich alle, Wünsche für Geld erfüllt werden und die Diskretion gewahrt wurde.

Dieser Bulgare hatte auch den Polizeipräsident von Bangkok auf seiner Seite, der als VIP Gast freien Eintritt und freien „Verzehr" in diesen Räumlichkeiten hatte. Dieser nahm diese Annehmlichkeit gerne an, da auch er gewisse pädophile Neigungen hatte und diese hier erfüllt wurden. Man war eben unter sich und somit gab es hier keine Polizeikontrolle.

„Herr Kortes, ist Lilli hier" fragte der Polizist abermals.

Herbert schüttelte seinen Kopf. „Nein ich glaube nicht", antwortete er etwas zurückhaltend.

„Herr Kortes, wo ist Lilli?"

Herbert fiel in tiefes Schweigen.

## Das Ende

Lilli lag noch mehrere Tage im Schockzustand im Krankenhaus bis sie schließlich wieder zu sich kam. Sie war verändert. War das alles nur ein böser Traum?

Lilli wurde in einem separaten Zimmer betreut, zu dem nur das Krankenhauspersonal Zutritt hatte. Die Krankenschwestern kümmerten sich rührig um sie und teilten ihr Leid mit ihr. Lilli hatte ihre beste Freundin und ihren Vater gleichzeitig verloren. Dieser Trauerschmerz saß tief.

Lilli behielt das Geheimnis über Herberts pädophile Neigungen vorerst für sich. Sie war in sich verschlossen und redete kaum noch mit irgendjemand. Ein paar Tage vor der Beerdigung von Sophie und ihrem Vater verließ sie das Krankenhaus.

Am Ende der Woche fand die Beisetzung in ihrem Wohnort Fischbach auf dem kleinen Friedhof statt. Auch Marek Kowalski sollte hier beigesetzt werden, da er eigentlich keine Bleibe mehr in Thailand hatte. Eine von ihm vor Jahren abgeschlossene Sterbeversicherung beglich zum Glück die Beerdigungskosten.

Friedrichshafen war in Trauer, aber auch Fischbach der kleine Teilort im Westen der Stadt, war in Trauer. Sophie Kortes war bekannt in ihrem Stadtteil. Sie gab sich zwar oft arrogant und unnahbar aufgrund des materiellen Wohlstandes ihres Elternhauses, hatte sich aber nach erfolgreich überwundener Leukämie Krankheit geändert. Sie legte die äußeren Werte wie Markenkleidung und Prestigegüter ab. Sie verachtete sie sogar. Oft verschenkte sie sündhaft teure Kleidung, Schmuckstücke, Schuhe und Accessoires an Schulfreunde,

Briefträger und Nachbarn. Und sie hatte sichtlich Spaß daran.

Sophie sollte im Familiengrab neben ihrer Mutter Ursula die letzte Ruhe finden. In derselben Grabreihe war vor einigen Wochen ein Grab aufgelöst worden, welches nun Marek Kowalski als seine letzte Ruhestätte zugewiesen bekam.

Sophies Mitbewohner und ein Teil der Lehrerschaft aus dem Salemer Internat, Nachbarn, Gemeindevertreter und Menschen die ihre Trauer für das unschuldig gestorbene Mädchen teilen wollten kamen an diesem sonnigen Nachmittag auf den Fischbacher Friedhof.

Manfred und Karin Schwal sowie Gudrun und Eberhard Klein waren auch zur Beisetzung gekommen und nahmen in einer der ersten Reihen der Aussegnungshalle Platz. Man begrüßte sich nur mit einem leichten Kopfnicken. Die Situation war irgendwie unangenehm. Manfred sah krank aus. Seine AIDS Erkrankung zeichnete ihn immer deutlicher. Er war abgemagert und bleich im Gesicht. Die tiefen Augenränder passten zum Krankheitsbild. Karin hingegen strahlte mit ihrem braungebrannten makellosen Körper Gesundheit und Kraft aus. Ihr schwarzer Lagerfeld Mantel in glänzendem Fischgrätenmuster, ließ ihre lange Mähne prächtig erscheinen. Der feuerrote Lippenstift lief ihre aufgespritzten Lippen noch voller wirken.

In der Aussegnungshalle waren beide Särge aufgebahrt und liebevoll mit Blumenschmuck dekoriert. Lilli hatte über eine Vertrauensperson im Krankenhaus Herr Kortes darum bitten lassen einer Doppelbeerdigung zuzustimmen. Herbert willigte ein. Vielleicht auch um sein schlechtes Gewissen zu beruhigen. Er war überzeugt, nicht am Tod seiner Tochter schuldig zu sein. Er fühlte sich nicht verantwortlich.

Ein wunderschönes großes Bild von Sophie lehnte an ihrem Sarg. In der rechten Ecke sah man eine Signatur:

„Für meine beste Freundin. Ich werde dich nie vergessen. Deine Lilli."

Am Sarg von Marek lehnte das Foto, in vergrößerter Form, das Lilli jahrelang in ihrer Geldbörse trug.

„Eine schreckliche Tat eines Menschen bringt uns heute an diesen Ort", begann der Pfarrer seine Trauerandacht. „Wir kommen alle, so wie Gott uns schuf auf diese herrliche Welt. Durch Gottes Hand werden wir geboren und durch Gottes Willen werden wir wieder nach Hause zurückkehren. Ein Mensch hat diesen Kreislauf unterbrochen. Ich wünsche ihm die baldige Einsicht und Reue seiner Tat, denn auch er ist ein Geschöpf Gottes".

Herbert war es unwohl. Immerhin wusste Lilli nun von seinen Neigungen aber auf der anderen Seite konnte der Zeuge Marek und auch Sophie ja nicht mehr aussagen. Herbert war im Zwiespalt. Immer wieder suchte er den Blickkontakt zu Lilli. Sie versteckte sich aber hinter Ihrer großen Sonnenbrille und ihrem großen Hut.

Die Särge wurden nach der Trauerfeier in einer Prozession unter Glockengeläut der kleinen Friedhofskappelle zu den zugeteilten Grabplätzen gebracht.

"Eberhard sitzt mein Hut gut", wollte Gudrun wissen und schaute ihren Mann verständnislos an, als er nicht antwortete.

Sie kramte einen kleinen Spiegel aus der kleinen glänzenden Handtasche. Musterte sich darin und befand sich perfekt.

Zuerst wurde Marek beigesetzt. Lilli stand vor dem in die Grube heruntergelassenen Sarg, warf eine rote Rose hinunter mit den Worten „lebe wohl Papa", dann wandte man sich zum Grab von Sophie zu.

Lilli kniete neben die Graböffnung und sang plötzlich ihr Lied als der Sarg in die Grube hinuntergelassen wurde: „….in the arms of an angle……..".

Manfred erkannte das Lied und zuckte erschreckt zusammen. Als Lilli fertig gesungen hatte, stand sie auf, ging auf

Manfred zu, sah ihm tief in die Augen und sagte:

„Ich helfe jedem der Aufrichtig ist und der es ehrlich meint."

Gudrun und Herbert und die Trauergäste wunderten sich über diese Aussage und konnten diese nicht einordnen. Auch Karin konnte die Bedeutung dieses Verhaltens nicht richtig einschätzen und suchte den Blickkontakt zu Gudrun. Im selben Moment wurde Manfred schlecht und er knickte geschwächt in sich zusammen. Zwei hinter ihm stehende Männer der Trauergemeinde fingen ihn gerade noch auf und brachten ihn zu einer in der Nähe befindlichen kleinen Bank. Ein Rettungswagen wurde herbeigerufen. Ein Gemurmel über Vermutungen dieses Vorfalls machte die Runde.

Lilli, tief in Trauer um Sophie und ihren gerade wieder gefundenen Vater, verließ den Friedhof und fuhr direkt zur Polizei und sagte gegen Herbert Kortes aus. Gleichzeitig bat sie um Personenschutz. Kortes wurde wenige Stunden später in Untersuchungshaft genommen.

Danach war es leicht für die Häfler Kriminalpolizei die Ermittlungen zu starten. Die Thailändischen Behörden waren sehr kooperativ und arbeiteten sehr gut mit ihnen zusammen.

Es dauerte wenige Tage um herauszufinden, dass Kortes gute Kontakte zum thailändischen Milieu hatte. Man kannte ihn dort. Vermutet wurde, dass Kortes den Auftragskiller beauftragte um Marek Kowalski zu eliminieren, da er seine Karriere gefährden könnte, da er von seiner pädophilen Neigung wusste.

Herbert konnte den Behörden nichts vormachen, er verstrickte sich zwar in Falschaussagen aber man konnte ihm schließlich nichts direkt nachweisen. Eine Vielzahl hochbezahlter Anwälte scharte er sofort um sich, welche die schwierigen und langwierigen Vernehmungen durch die Polizei für ihn vereinfachten und er sich somit in Sicherheit fühlte. Kortes schwörte den Auftragkiller nicht zu kennen. Zwar bestätigte er Sex mit den Prostituierten gehabt zu haben, diese waren ihm aber alle als Volljährig angeboten. Er habe für den Sex ordnungsgemäß bezahlt und sei unschuldig.

Um von sich abzulenken beschuldigte Herbert seinen Freund Eberhard Klein ihn erpresst zu haben. Dadurch wurde auch Eberhard vorläufig in Untersuchungshaft genommen. Manfred Schwal verstarb in derselben Nacht an den Folgen seiner AIDS Erkrankung.

Nach wochenlanger intensiver Recherche der Thailändischen und der Friedrichshafener

Polizei sollte Herbert aufgrund eines Auslieferungsabkommen zwischen Deutschland und Thailand nach Bangkok ausgeliefert werden. Eine Lebenslange Haftstrafe aufgrund Sex mit Minderjährigen würde Anwendung finden. Herberts Anwälte fanden aber eine Möglichkeit durch eine freiwillige größere Geldspende an ein Thailändisches Kinderdorf, dass Herbert vom Vorwurf freigesprochen wurde.

Er schied vorzeitig in gegenseitigem Einverständnis mit dicker finanzieller Abfindung aus seiner Firma UTK in Friedrichshafen aus, besorgte sich einen US Pass und wanderte vorsichtshalber nach Florida aus. Er wohnt heute in USA auf Fisher Island und genießt mit seiner blutjungen asiatischen Freundin das Leben.

Eberhard wurde aufgrund fehlender Beweise der Erpressung auch aus der Untersuchungshaft entlassen.

Gudrun trennte sich von Eberhard. Eberhard wurde als Vorstand der Sparkasse in eine kleine Stadt nach Norddeutschland versetzt.

Lilli beendete ihr Fernstudium mit Auszeichnung und fand eine Anstellung als Musiklehrerin in der städtischen Musikschule. Als Heilerin wurde sie in ihrem Freundeskreis gerne aufgesucht und half vielen Menschen diverse Erkrankungen zu heilen, die auf schulmedizinischer Sicht nicht heilbar waren.

Gudrun und Karin fanden schnell im Golfclub von Lindau  ältere wohlhabende Männer, die ihr Leben weiter finanzieren und treffen sich weiter zum Golf und zur Männerjagd.

## Nachwort:

Dieses Buch widme ich den Menschen, die sich für ihre Karriere opfern, das tun, was man von ihnen verlangt und ihr zeitlich begrenztes Leben hauptsächlich für die Anderen leben. Vielleicht findet der eine oder andere sich in der Handlung wieder und denkt über die Zeit, die ihm noch auf Erden bleibt, etwas anders nach.

Martin Beisert, geboren 1965 in
Friedrichshafen am Bodensee im
Sternzeichen Waage. Seit meinem Studium
arbeite ich in einer Großfirma am Bodensee.
Mehr als 20 Jahre führt mich meine Arbeit
auf Reisen durch die verschiedensten
Kontinente und lehrt mich die
unterschiedlichen Mentalitäten. Heute lebe
ich immer noch in der Nähe von
Friedrichshafen am Bodensee und bin mit
einer wundervollen Frau verheiratet mit der
ich zwei tolle Kinder habe.
Ich bin Hobbyautor. Meine Freude am
Schreiben entdeckte ich rein zufällig.

**Bücherverweis des Autors:**

**„Der Manager"**
Martin Beisert
ISBN: 978-3-7482-3387-9

Business, Erotik, Betrug:
Eine anfänglich nette und eigentlich langweilige
Lebensgeschichte, mit einer Mischung aus Liebe,
Erotik und Berufsleben gerät außer Kontrolle - der
Familienvater Toni aus Friedrichshafen beginnt
ein verzwicktes Doppelleben in Barcelona. Er
gerät in Korruptions- und Drogenhändlerringe,
welche sich bis in die höchsten Führungsebenen
hinauf ziehen. Sie lassen ihn trotz
Seelenkonflikten zum skrupellosen Manager
werden, der seine Frau und seinen Sohn
hintergeht, um nur für seine Karriere zu leben.
Leider zu spät besinnt er sich auf die wirklich
wichtigen Dinge im Leben. Liebe, Ehrlichkeit,
Freude und Freiheit.
Ein fesselnder Thriller mit authentischem Inhalt.
Knapp gehalten und deshalb besonders geeignet
für Manager, die wenig Zeit zum Lesen finden.
Viel Spaß dabei!

**„Tabu"**
Martin Beisert
ISBN: 978-3-7482-3544-6

In unserer weitgehend aufgeklärten Gesellschaft glaubt man, dass so manches Tabuthema von früher heute keines mehr ist. Dennoch gibt es immer noch einige Bereiche, die unser Schamgefühl oder Ego berühren, sodass unser Mitteilungsvermögen darüber gegenüber anderen Menschen eingeschränkt ist. Selbst dem Partner gegenüber oder im Gespräch mit einer Person des Vertrauens haben wir Hemmungen diese Dinge anzusprechen, zu erfragen oder zuzugeben.

Dieser Ratgeber erläutert in einfacher Sprache die Hintergründe und soll Mut machen, lediglich durch das Gespräch eine positive Änderung auf dem eigenem Weg zu erleben.

Sie werden erstaunt sein, wie sich die Meisterschaft Ihres Lebens dadurch verändert.

Zeitfracht Medien GmbH
Ferdinand-Jühlke-Straße 7
99095 Erfurt, Deutschland
produktsicherheit@kolibri360.de